枫行万里

高淑魁 题

刘云枫　著

中国财富出版社

图书在版编目（CIP）数据

枫行万里／刘云枫著．—北京：中国财富出版社，2018.6

ISBN 978－7－5047－6713－4

Ⅰ．①枫…　Ⅱ．①刘…　Ⅲ．①游记—作品集—中国—当代　Ⅳ．①I267.4

中国版本图书馆CIP数据核字（2018）第139702号

策划编辑　宋　宇　　责任编辑　齐惠民　郭逸亭

责任印制　梁　凡　　责任校对　孙会香　张营营　　责任发行　张红燕

出版发行　中国财富出版社

社　　址　北京市丰台区南四环西路188号5区20楼　　邮政编码　100070

电　　话　010－52227588转2048/2028（发行部）　010－52227588转321（总编室）

010－68589540（读者服务部）　010－52227588转305（质检部）

网　　址　http://www.cfpress.com.cn

经　　销　新华书店

印　　刷　北京京都六环印刷厂

书　　号　ISBN 978－7－5047－6713－4/I·0282

开　　本　710mm×1000mm　1/16　　版　　次　2018年11月第1版

印　　张　13　　印　　次　2018年11月第1次印刷

字　　数　192千字　　定　　价　45.00元

自 序

为什么旅行?

为什么旅行?

这不是问题，古人早就给出了答案：读万卷书，行万里路。但事实上，这不是为什么。对于为什么的终极追问，中国人始终差了一步，就像中国男足，临门一脚，总是疲软。

旅行，为什么?

文艺系的人回答：生活不止眼前的苟且，还有诗和远方。于是，旅行之路上，满是无病呻吟和如花的浪漫。放眼朋友圈，阳光、沙滩、海浪、仙人掌，还有一艘永远到不了终点的豪华游船。文艺系的少男少女，人人手里紧握着一张沾满汗水的旧船票。

曾经，一个以旅行为己任的人信誓旦旦地说，书上得来的知识都是二手的，都是靠不住的，她要用自己的双脚去验证。对于这种大无畏的无知，我只能付之一笑。绝大多数的地方，是双脚走不到的。每个人靠亲身经历所得到的知识，微乎其微。

尤其是，若你没有敏锐的头脑、虔诚的心和足够的知识储备，即使走得再远，也不过是一头转圈拉磨的驴子，只是在重复而已。

比如郑和，七下西洋。在 15 世纪，没有人比郑和走得更远了，而且，郑和还不是一个人去旅行，而是大队人马，浩浩荡荡。但是，郑和的大旅行为明朝和世界带来了什么?

张彬村先生指出：“郑和下西洋并没有发现新航路（他的船队所航行的

路线和所到达的地方，是宋朝和元朝时代的华人已经熟悉的旧航路和旧港埠，不是新航路和新世界），也没有带来新市场，没有促进生产与消费，没有给人类提升物质方面的福祉。如果郑和下西洋有什么新意，那大概就是史无前例的巨大规模。”

比较而言，玄奘的旅行成果就丰富得多。不仅从佛教圣地取回了东土大唐渴求的佛教真经，还加深了中印两国人民的相互了解，增进了沿线各国人民的友谊。而且，以玄奘取经为原型，诞生了一部中国文学史上的名著《西游记》，极大地丰富了中国人民的文化生活。

人类的旅行以及对旅行的爱好，从来不是为了“诗和远方”，而是为了寻找下一块水草丰美的宜居之地。早在几万年以前，人类的足迹就已经遍布欧亚大陆。2018 年 3 月，加拿大的研究人员还宣称：他们在加拿大西部外海一座岛屿上，发现约 13000 年前的人类脚印，这成为北美地区发现的最古老的人类足迹。

早期人类的生活，无外乎采集和狩猎。为此，不断迁徙就成为早期先民的常态。某地的树叶和果实采光了，就要寻找下一个采集点。要是不走，不换地方，就要饿肚子，甚至，生存也成问题。只有进入农业社会之后，定居和春种秋收，才成为农民的主旋律。可是，毕竟农业社会要晚得多，采集、狩猎，包括游牧生产的历史更长，有十万年之久。于是，在人类的基因中，就深深地刻下了“走为上”的记忆——最好的果实和家园，一定在远方。

不要因为我们走了很远，就忘记了我们是为什么出发的。还是台湾著名作家三毛的《橄榄树》写得靠谱：为什么流浪？为什么流浪远方？为了我梦中的橄榄树。

橄榄树，不只是好看，还可以榨油。换言之，旅行绝不只是为了看风景，更是为了寻找更好的生活。

鄙人拙作《枫行万里》，要出版了，以此为序。

2018 年 7 月 3 日星期二

北京，家中

目录

Contents

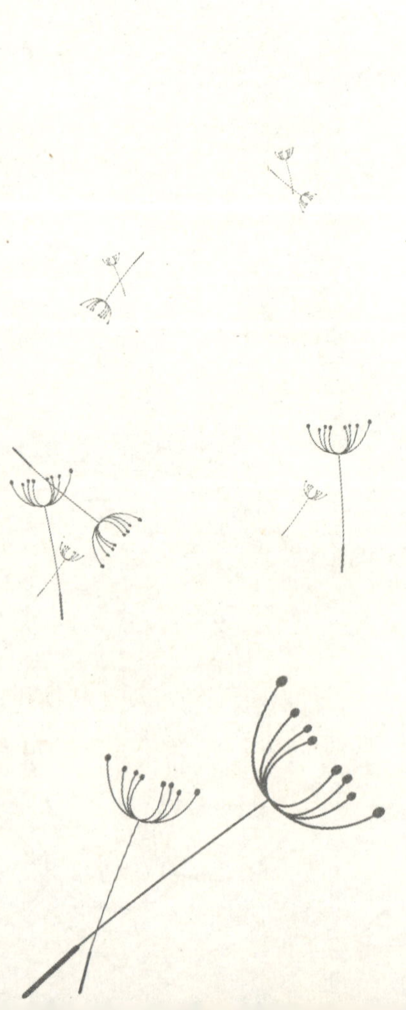

西安散记

大雁塔

大雁塔是玄奘取经回来之后修建的，有千余年的历史。中国的寺庙大体一致，我也完全没有兴致，但对于大雁塔我倒真是生了偏爱。因为这里很洁净，没有大多数寺庙里的霉变气味，虽然是出家之地，清静无为，但也透出一股生气。

大雁塔的后院是一个新修的建筑，仿照盛唐的格局，简单、轩敞，虽然颜色有些令人乏味，但空间布置得有韵律，值得流连。中国的古建筑，因为材质的原因，唐以前的没有任何残存，自宋朝《营造法式》之后，建筑趋于烦琐，略显小气，完全没有阳刚之美。当然，实际的原因可能很复杂，我能够想到的是森林资源经过历朝历代的大肆砍伐，消耗得差不多了。宋朝以后，已经没有堪用的大块木料，建筑的风格也不得不放弃“大刀阔斧”，而走上“雕虫小技”之途。

常常有出家的念头而不能下定决心，原因是我到过的很多寺庙都气息奄奄，和尚快睡着了，寺庙快坍塌了，大殿里始终萦绕着令人窒息的灰尘、湿气的气味。而大雁塔给我的感觉很清新，如果我出家，就在这里了。

大雁塔通高 60 余米，可以俯瞰西安全景，但是游客必须花 20 元钱单独购票。千里迢迢地来到了西安，不辞辛苦地到了大雁塔脚下，最后的“割

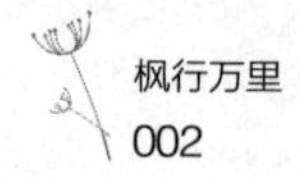

肉”大部分人都忍受了，但我不。因为，我的性格是宁愿自己痛苦，也要让对方难受。想起印度的甘地，“不妥协，但也不合作”就是这个意思。

西安交通大学

西安交通大学并不在预计的行程之内，是偶然起意的结果。我从南门进入校园，最先看见的是思源学生活动中心，“思源”是“交大”系的标志，既有饮水思源之典，也有天下交大一家的意义。这个建筑体量巨大，巍然屹立在正门口，大有“谁敢横刀立马，唯我彭大将军”的气魄。

学校已经放假，少有行人。马路一边，有几个中学生在玩耍，浓重的西安口音让人知道这里是“三秦故地”。再往前，是学生食堂，食堂前面的公告牌上，有一则寻找音乐配器的广告。此时已近中午，我也饿了，进了食堂——在这里就餐，既便宜，又卫生。可是，天气实在太热了，毫无食欲，我走了一圈，没有任何食物可以食用，只买了一份西瓜，狼吞而去。

出门右侧是钱学森图书馆，图书馆前面有一个开放的广场，四周竖立着造型各异的雕塑，是什么，我并没有留意。转过图书馆，是另一进院落，四周道路环绕，中心是一个巨大的花园。风景的中心并不在花园，而在道路上密植的法国梧桐。每一棵梧桐树都非常高大，枝繁叶茂，虽然分列道路两旁，但在半空中枝叶已经交接在一起。放眼望去，是一个绿色的长长的甬道，近处开阔，远处狭窄，有自然的透视效果，可以入画，而没有任何一幅画能够如此美妙——大学以育人为己任，可要是连树也种不好，育人就成妄谈了。

鼓楼小吃和古城墙

中国以饮食著称，作为古都，西安的小吃更是声名远播。从西安交通大学出来，叫了车直奔鼓楼——晨钟暮鼓是千年老城的经典。穿过鼓楼，是小吃一条街。西安地处内陆与西北边陲的交界，饮食也汇集了汉、回、蒙、藏等各种风味，其中尤以回族加工的牛羊肉为甚。小吃街不长，大概有200多米，却店铺林立，人来人往，生意十分繁忙。

我到的时候，恰是正午。西安的暑热最近也很是闻名，走在小街上，除了炽热的太阳，就是煎炒烹炸牛羊肉的强烈气味。每一间店铺都不大，门脸古旧——这是比较客套的说法，真说白了，其实是脏兮兮。人们可能会被美食的气味吸引而来，也可能会被店面的不拘“小洁”而吓跑。

从外观看，每一家店铺都有年头了，有一种老态龙钟的感觉。为了返老还童，店老板都尽可能地用现代的装饰品装饰，比如彩旗、花花绿绿的广告，还有铝合金、不锈钢等，中西合璧，新旧杂陈，给人一种半身不遂的印象——如何把古代的保留下来，把现代的糅合进去，实在是一个难题。

我找了一间右手边的铺子，独坐。要了一份凉皮、四串羊肉串，慢慢品味。凉皮味道尚可，就是盐放得多；羊肉串滋溜滋溜冒油，十分诱人。旁边两位客人，来自湖南，是国防科技大学的教师，摆了一桌子大盘小碟，吃得汗流浃背。我再要了一个烤肉夹馍，实实在在的羊肉，足有200克，我只吃了不到三分之一，就没有胃口了——麦当劳的“巨无霸”和这个烤肉夹馍比起来，只好算是“小巫”了。

我本来打算一路吃过去，就像武二郎过岗逢酒必喝一样，可是，一来我的肚子已经满了，二来大大小小的店铺，除了招牌不同，所卖的小吃大同小异。再往前，看见贾三灌汤包子店，听人说这是最有名的汤包。既来之，则吃之。一个人要了一笼，另要了一杯可口可乐，勉勉强强吃了6个，就再也不想吃了。味道嘛，还是不如做梦的好。

古都一定是同气势威严、千年不倒的城墙相联系的，自从北京拆了城墙，留下伤痕，各地的古城墙就幸运多了。破损的，再加修葺；完好的，整旧如新。旅游业兴起后，各地的政府以及人民都加倍地爱惜了，西安的古城墙也不例外。

因为没有地图的缘故，我对方方正正的西安也不辨东西南北。街道上昏黄的灯光，有散漫的睡意，空气中除了渐渐衰退的热度，还有一点重浊，大概是掺了黄土的缘故。我不知道自己在沿着哪一个街道走，来到了城墙的入口，门票40元，心里暗叫够黑的——自从故宫涨了价，各地的旅游点纷纷效仿，没有一个肯落后。

西安古城墙东西长南北短，并不是四边等长的正方形。上了城墙，眼界大开，远望四周，车水马龙，流光溢彩，整个古城一派盛世景象。在城墙上散步的寥寥数人中，有一对外国男女骑着双人自行车经过，自在惬意。城墙的两边，每隔一段距离竖两根柱子，柱子上挂着大红的灯笼，隐约而暧昧。微风拂过，送来一丝清爽。此刻，有一点幻觉，不知道身在何处，现在何时。

华　山

华山以险闻名，20世纪那场惊心动魄的山难之后，谈起华山更是只有一个“险”字，其余的全都忽略不计了。我在登顶之前，也是胆战心惊，如履薄冰，丝毫不敢怠慢。当我站在华山最高处南峰时，沉下心来，极目望去，远处的山峰不再是斧劈刀削，而是莽莽苍苍。被大片绿色覆盖的山脚下，是委婉柔和的山谷，宛如睡熟的美人一样沉静，一样静穆。自然之美，气象万千，华山之景色，远不止一个“险”字。

华山是值得慢慢游览的，可是，一旦上了旅行社的车，就等于上了贼船，“人为刀俎，我为鱼肉”，行程也就全由对方掌握。汽车早上9：30从西安出发，到了华山脚下，已近正午。第一件事，是弘扬中医中药，还有免费的医师坐诊。神医就是神医，手一搭，就说我肝脏有问题——我是刀枪不入的“老江湖”，他那么一说，我那么一笑。这一笑没有蜜甜的忧愁，却有掩藏不住的轻视。神医发毛了，说：“你还是不要浪费时间。”我起身就走，连“拜拜”都没有。

到达华山索道的时候，已经下午 1 点多。导游吩咐，全体游客在下午5：30的时候到索道处再次集合。这就是说，净游览时间只有 4 个半小时。这样的时间安排，对游客来说，别无选择，只能乘坐索道上山和返回，而索道往返票价是 110 元，其中奥妙，不言自明。

索道自有索道的乐趣，透过玻璃窗，四面都是风景。右手边是一面陡峭的石壁，巍然屹立，有凛然不可动摇的气势。可是，就在这坚硬的花岗岩石壁上，却有一道道深深的“泪痕”——雨水侵蚀形成的沟壑，自上而下贯通，如长长的藤蔓缠绕在青灰的石脊上。左手边是山坳，在高高低低的树丛之间，蜿蜒的石级时隐时现，密密层层，直上峭壁。同行的一位女士吓得花容失色，另一位男士宽慰她：“别怕，别怕，飞机上什么都没有，缆车上面好歹还有一根绳子。”

下了缆车，距离北峰已经很近了。北峰海拔 1614 米，是华山五峰中最低的一处。站在北峰，回头望去，远处一马平川，华阴县城隐隐可见。峰顶宽阔处，有金庸先生题写的碑额“华山论剑”。很多女子在此手握长剑，或独立，或侧旋，或劈，或刺，果然是“江山如此多娇”，既有江山，也有美人，佳境天成啊！

下北峰，经擦耳崖，过卧牛台，上天梯，转过日月崖，就来到华山最为险峻的苍龙岭——苍龙岭如同一条大龙的脊背，左右壁立，下临深渊，中间仅容二人错身，加之龙脊十分陡峭，令人胆寒。传说唐朝的大文学家韩愈行至此处时，胆怯而抛书痛哭。我到了这里，也有点发憷，犹豫良久，才下了决心：上。

自唐以来，华山游人渐多，苍龙岭也增加了便于攀爬的设施。宋代增设了铁链，明清以后，开凿了石台阶。因此，要是不发生拥挤或铁链断裂的事故，游人沿着前人开创的山路越过苍龙岭，险则险矣，却绝对没有性命之虞。但要命的是，在旅游高峰期，上行和下行的游客相互拥挤，容易引发山难，而一旦出现山难，就是雪崩式的，无法控制，这才是华山之险的真正原因。

我双手抓着铁链，脚踏实地，一步一步前行，中途还有人快步抢前，我觉得很是不妥，但在这个时候还是明哲保身为上。到了苍龙岭尽头，回头一望，不是为了欣赏风景的曼妙，而是看看自己走过的艰辛。

过了这一坎，继续向上，爬上金锁关，想松一口气，可是，远看西峰，可望而不可即。尤其令我心惊的是，西峰独立，之下是千尺深渊，层层叠叠的松树匍匐在幽深的山谷里。余脉层峦迤逦，像一匹咆哮的野马，也像一道绵延不绝的屏障。可是，峰回路转，绕过金锁关之后，来到了西峰的后山，与前山绝壁擎天不同的是，这里林木繁茂，道路平整，鸟鸣婉转，清风阵阵。

我的心好像从千回百转之间奔流直下的小船，突然驶入了宽广平坦、一望无际的大河，一下子变得松弛而平静，四顾而欣然。这里是山间台地，群峰环抱，绿树合围，深邃幽静，别有风景，最是消磨清风明月、浪漫私情之地。有人说“无限风光在险峰”，依我看，无限的风景只在群峰之间的山坳——群峰俯伏的山间台地，树木葱茏，宁静安详，好似一个寂静的庄园，比在峰顶喝西北风快活一百倍。

胡思乱想之际，看到左手边的慢坡上刻着四个字：“劳极乐极”，我由衷一笑，自觉英雄所见略同，心想有人已经看上了这块风水宝地，也不定在这里演绎过多少对酒当歌、风花雪月的浪漫故事呢。再往前，是一棵参天的古松，号称将军树。我抬头仰望，致以敬意。又见西峰，已在眼前，心胸为之豁然开朗。

西峰又称莲花峰，是风景绝佳处。俯瞰远方，群山如簇，华山横空出世，险峻而绝。华山之险、华山之美盖由此而来。在西峰略作停留，继续向南峰进发。途中，一老者叫卖自己编写的《华山松传奇故事》，5 元一本。我买了一本，坐在石阶上翻阅，有钢笔修改错别字的痕迹，老者之诚，由此可见。过炼丹炉，登孝子峰，沿着修葺平整的台阶，终于登上了华山之巅的南峰——落雁峰。

峰顶没有大雁，却“落满”了旅游者。在峰顶的台地上，有一块巨石，大家都在巨石上合影留念。我没有拍照的习惯，无论走到哪里，只凭记忆，要是记得住，保证是景色绝佳，历久不忘的。一定要记录在照片上的，要反复复习，否则不照也罢。极目向远，我看到了柔和幽静的山谷，不知道那里是否住着神仙，也不知道那里是不是传说中的世外桃源，但是，在这样的极顶，会由衷地发出“登山而小我”的感念。知天地之大，方知人世之微。也正因其微，才需要我们每一个人用心珍惜。

华清池

爱江山的人登临华山可享“会当凌绝顶，一览众山小”之豪情，要是爱美人就简便得多，只需到临潼华清池访古，探寻“在天愿作比翼鸟，在地愿为连理枝”之儿女情长。临潼是古迹荟萃之地，集聚了很多重要的文物。

去华清池之前，先到了一所寺庙。寺庙里供奉着佛教始祖释迦牟尼的真身舍利，这座寺庙由此身价倍增。舍利盛放在金棺银椁之中，以显其贵。据传，得遇舍利就是与佛结缘。佛祖面前众生平等，人的眼里却有三六九等，若花 10 元钱买一套舍利明信片，即可与金棺银椁合影，要是花了 60 元，游客就可以进入另一间佛堂拜谒真身舍利。

舍利安放在一个熠熠生辉的玻璃球内，共有 8 颗。透过圆形玻璃球，舍利显然被放大了，即便如此，每一颗舍利也不及大米粒的一半大。然而，舍利不在大，而在其凝结了佛祖的德性。我也虔心礼佛，观瞻了舍利之后，上了一炷香，许了一个愿，叩拜而去。

华清池在骊山北麓，温泉水由山脚流出，直接引入各个汤池。汤，在唐代是指洗澡水，这种用法，日本一直沿用，曾有观光客看到日本的小巷里挂着“男汤”“女汤”的招牌，大惑不解，其实是男女洗浴的场所。

我们参观了三个汤池——星辰汤、莲花汤和贵妃汤。星辰汤是唐太宗李世民洗浴之所，规模最大，形制最高，正汤之外，另有一处副汤。正汤为李

世民所用，副汤供天子身边伺候的大臣们使用。正汤池是一个椭圆形的几何体，它的东南角是进水口，温泉水由此引入，经正汤，然后副汤，再到其他汤池。

莲花汤是杨贵妃的干儿子安禄山为了讨好唐玄宗而修建的，四周和底部用汉白玉砌成，每一块汉白玉都雕刻着象征皇权和真命天子至高无上的飞龙。汤池的一侧，有两株并蒂而开的莲花，也是石刻，寓意唐玄宗和杨贵妃千年不败的爱情。可奇怪的是，唐玄宗第一次入浴的时候，雾气弥漫，水波荡漾，汉白玉雕刻的各种祥瑞之物突然变成了面目狰狞的猛兽，一起向唐玄宗示威。玄宗发怒，推倒了莲花座，并命令铲平所有石雕。于今可见的是两个安放莲花的底座，深约 5 寸，依然可辨。

贵妃的汤池没有什么特别的，造型和格局也比星辰汤和莲花汤要小。但是，华清池是杨贵妃的华清池，在这里，彪炳千秋的唐太宗和万古风流的唐玄宗，只是杨贵妃的陪衬。远道而来的游客，都在历史的烟尘里寻找贵妃销魂蚀骨的美貌——“清水出芙蓉，天然去雕饰”，一人得宠，三千佳丽黯然，曾经的辉煌和凄凉都让人萦怀。然而，眼前的景象，会让每一个人唏嘘不已，感念人生之轻如清风过隙，除了历代文人墨客穿过时间隧道留下的一声声叹息，什么都没有，什么都不复存在了。黄土高原上触目可及的黄土，残缺不全的青石，没有轻纱，没有幔帐，没有水汽氤氲和清波缠绵，更没有美人沐浴之后的香气。

我问导游，这三个汤池是唐朝遗物还是后人拟造的。导游说，确是唐代真迹，专家们有确证，比如玄宗洗浴池中的莲花座就是明证。有了这个答案，我更纳闷了。因为据我观察，三个汤池周围的青石，都是未经打磨的粗糙不平的毛石，太宗、玄宗也还罢了，贵妃娘娘细如凝脂的肌肤岂不被凹凸不平的石头磨破了皮吗？汤或许是好汤，可是浴池也太简陋了。鲁迅说，看了故宫，就不再想做皇帝。我看了华清池，也自觉贵妃洗浴也不是什么高级享受，至少和古罗马金碧辉煌、光滑如镜的浴场相比，一个在天，一个在地，相去不可以道里计。

出贵妃池，巧遇一位现代美女——《渴望》中扮演刘慧芳的张凯丽。她也来看华清池，毕竟是大明星，和陪同的女人相比光彩照人，有一种大方质朴的美，不艳俗。有人想上前要签名，比如我，但还是怯阵，未遂。她很自如，倒是周围的人早已经不自在了。

华清池西部有一个九龙湖，九龙湖的北面是飞霜殿，是唐玄宗和杨贵妃浴后的欢愉之所。飞霜殿对面，有一座龙石舫，静静地浮在水面上。九龙湖正中，有一座贵妃出浴的雕像。杨贵妃发髻轻挽，轻纱漫披，高耸的乳房展现了难以言喻的女性魅力。她大概是累了，头微微偏向一边，眼睛里带着微微的笑意和睡意，款款地从水雾中走出来，华清美人出，惊羡满长安。我细看了几遍，似曾相识。

2005 年 8 月 6 日

网络版荷塘月色

互联网就是这样一个恣意汪洋的大舞台，而且，它天然地消灭了一切真实世界造成的阶级差距，就算你是一个黑社会老大，巨资千万，权倾一城，香车成列，美女成行，在Internet（互联网）空间也必须独身前往，和对方“单挑”——这就是互联网的核心价值，个人为王，平等至上。

如果你是一个黑客，就在柔软的网络线条上，游来荡去，从一个节点跳跃到另一个节点，就像竹林中灵活攀援的猴子，自由自在。如果你是一个游戏高手，就买枪买炮，攻城略地，去缔造一个史无前例的帝国，实现世界大同的政治信念。如果你是一个崇尚西部牛仔精神的拓荒者，就找一个怀着相同热情的对手，和他PK（对决）。

或者，你没有这么远大的理想和热情，你仅仅有一些私人的哀愁，只是想找一个陌生人“窃窃私语”——因为，这是你的个人隐私，你不想告诉任何一个熟悉你的人。或许，你是一个戴着一副坚硬盔甲的无往不胜的成功人士，可是，某一个伤感的时刻，你恰好需要一个隐蔽的所在，向隅而泣。还有，你和女友相约在线，互致问候，情意绵绵，虽然没有耳鬓厮磨，也胜却星汉迢迢的向往。在这个空间里，夏无湿热，冬无严寒，比站在黄浦江边的栏杆上舒服多了。据说，互联网流行之后，曾经是栏杆站遍的外滩一线，已经出现了很多空位，这都是网络带来的益处啊——未经证实，仅是推测。

回想没有网络的前辈生活，真是苦不堪言啊。比如朱自清先生在《荷塘月色》里所描写的，“妻在屋里拍着闰儿，迷迷糊糊地哼着眠歌。我悄悄地披了大衫，带上门出去”——看，屋内空间狭小，压迫思维，只好出门。“沿着荷塘，是一条曲折的小煤屑路。这是一条幽僻的路；白天也少人走，夜晚更加寂寞”——煤屑路暴土扬尘的，多脏，静悄悄的，肯定是盲流肆虐之地，我们真是替朱先生捏一把汗啊！

“路上只我一个人，背着手踱着。这一片天地好像是我的；我也像超出了平常的自己，到了另一世界里。我爱热闹，也爱冷静；爱群居，也爱独处。像今晚上，一个人在这苍茫的月下，什么都可以想，什么都可以不想，便觉是个自由的人。白天里一定要做的事，一定要说的话，现在都可不理。这是独处的妙处，我且受用这无边的荷香月色好了。”

《荷塘月色》是朱自清的传世名作，每一个人都被朱自清先生描绘的梦幻一样的景致所打动，并由衷地向往。而当时的朱自清，其实是非常郁闷的——他是一个典型的书生，担当着清华大学中文系主任的角色。他不苟言笑，沉着倔强，以现在的话说就是情商太低，主任这个位置对别人可能驾轻就熟，在朱自清却是艰巨的任务。

清华是一个藏龙卧虎之地，每一个教授都是大家，学识名望均不在朱自清之下，而且，文人成堆的机构里总是是非不断，名家为了鸡毛蒜皮的小事尥蹶子的不在少数。闻一多从外地讲学回来，就要大牌，非要中文系派车到火车站迎接，否则，这哥儿们就不回学校，不上课了。朱自清被这些琐事搅得心烦意乱，“这几天心里颇不宁静”，于是就在夜深人静的时候，一个人溜到后海边去了。

试想，Internet是不是现代人的荷塘呢？设想一下，网络空间是否有波光粼粼的月色呢？

“饭毕，冲一个热水澡，身体在水流的浸抚之后，绵软无力，懒懒的，什么也不想做。静静地坐在屏幕后面，鼠标一击，一个崭新的窗口打开了。这一片空间好像是我的，我也像超出了平常的自己，到了另一个世界里。像这样，一个人在无边的网络里，想什么、不想什么都是我的主张，说什么、不说什么都看我的心情。白天无奈的笑容，都随它去。这是独处的妙处，这里是我的地盘。”

要是朱自清先生仍在，网络版的《荷塘月色》，一准是这个写法。

越来越多的人涌向网络，除去互联网自身所具有的特殊功能，还有另外两个方面的原因。一方面，它是个人精神的后花园，是苦闷的宣泄之所，是隐私的藏匿之地，也是信息和知识的传播通道。既有荷塘晓月之细腻的浪漫，也有雪野迷茫独闯江湖之豪情。三教九流，五行八作，熙熙攘攘，生生不息。另一方面，因为工业文明所带来的恶果毁掉了现实自然的生态，许多河流、山川、草原和湖泊，已经不再是供人们欣赏的景色，而是让人们缅怀的美丽遗迹了。

20 世纪 80 年代中期，我在天津大学就读。校园面积很大，有大小不等 11 个湖面，最大的一个是青年湖。夏天，学生们在湖里游泳，也出过不少事情。据传，那个湖现在被誉为天津十大鬼地之一——就是经常淹死人的地方。这个名字，有点瘆人。不过那时，我们这些学生是很偏爱青年湖的，尤其是大雾的天气，湖面上白茫茫一片，雾气汹涌，十米之外，就什么也看不清了。这个时候，水里的鱼因为缺氧，纷纷在水面上翻腾，如果你身手敏捷，可以逮到大鱼。

但是，我眼见着湖面一天一天地缩小。最先是在湖的东南角，盖了一个泥沙研究所；后来，在这个建筑的对岸，也就是东北角，建了一个学生活动中心。这两项工程都是有计划的填湖造地工作，至于倾倒固体垃圾蚕食水面的事情，每一天都在发生。有些人担心青年湖终有一天会成了罗布泊，再也看不见了。

同学中有一位杰出人士，高瞻远瞩——他说，湖泊的缩小，甚至消失在所难免，青年湖也不例外。不过，这会相应地带动旅游业的发展。未来，青年湖也就巴掌大那么点儿地方，四周有围栏，隔着栏杆，里面是一泓绿水，大小如废弃的井口一般。对着这么一块旧地，导游兴致勃勃地告诉游客：“这就是历史上的青年湖。”

20 年之后，青年湖倒没有那么悲惨，可是，我们周围的大环境却再也不是“绿水青山枉自多”了。此时，网络又展示了其虚拟现实的技术——所有已经消失的，或者即将消失的风景、名胜、古迹、典藏，都可以用数字技术重新复制出来。

回乡记

生活小康之后，春节的意义就不再限于吃了。尤其是城里长大的孩子，更不知道对绝大多数中国农民来说，春节是一个比赛吃喝的节日。但是，不管年味如何“惨淡”，有一点是不可更改的，就是早年从农村出来的人，会借春节假期，看看依旧固守在土地上的亲戚朋友、儿时伙伴，寻找 20 世纪 80 年代前后的记忆。“东西南北中，祖上种过葱”，现在所有的城里人，都和农村有割不开的联系。所以，“回家”对中国人来说等于“下乡”这一社会现象在中国还会持续下去。

我的老家在哪儿呢？在河北省井陉县。井陉县名，取自井陉关。井陉关位于河北省井陉县，西面太行山“井陉”之口，古人认为此处四面高平，中部低下如井，因称井陉。《吕氏春秋》《淮南子》称“井陉关”为天下九塞之一。“陉”，音“xíng”，山脉断裂之处，“太行八陉”古已有之，是从华北大平原进入山西高原的必经之地，井陉即为“太行八陉”之第五陉，石太铁路也是经此穿越太行山脉，爬上黄土高原的。

让井陉这个地方留名于世的是韩信的背水之战。

公元前 204 年，刘邦手下的大将韩信和张耳攻打赵国。赵国统帅陈余率领 20 万兵马，集结在井陉口迎战。赵国谋士李左车献计给陈余，说：“韩信善用兵，这次来，一路上又打了不少胜仗，士气旺盛，难以抵挡。但是，他们长途跋涉，粮草不足，士兵疲惫，马也缺少草料。井陉这个地方，山路崎岖，车马难以通行。因此，我有个主意，派三万兵马从小路截断他的粮车，我们再挖深沟，垒高墙，固守营寨，不与他们正面硬拼。这样，他们前不能战，后不得退，用不了十天，就可以活捉韩信。”

李左车说得条条在理，可陈余是个书呆子，不听从他的意见，说：“我读过兵法战策。兵法上说，兵力大敌人十倍，可以围歼敌人；兵力比敌人大一倍，可以和敌人对阵。现在，汉军号称几万人，其实不过数千，况且远道而来，疲靡不堪。我们的优势是压倒性的，难道还不能把他们消灭掉吗？如果我们避而不战，别人会讥笑我胆小。”

陈余没有采纳李左车的正确意见。韩信知道了，大喜。于是，韩信把兵马驻扎在离井陉口 30 里的地方。到了后半夜，韩信又派出两千名轻骑兵，每人带一面汉军红旗，从小路绕到赵营的侧后方，埋伏起来。然后，韩信再派一万人马作先头部队，沿着河岸摆开阵势。

陈余探知韩信沿河布阵，哈哈大笑，说：“韩信空有虚名！背水而战，不留后路，找死啊！”

天亮了。韩信带领后队兵马，打出帅旗，大张旗鼓地向井陉口杀来，赵军立即迎战。交战后，汉军假装败退，抛掉旗鼓，向河岸阵地退去。陈余不知是计，拼命追击。这时，韩信埋伏的两千轻骑兵，见赵军倾城出击，立即杀入赵营，拔掉了赵军旗子，换上了汉军的旗子。

赵军追得汉军退到了背靠汉水的阵地上。汉军无路再退，于是，他们返转过身，一个个拼死而战。赵军久战不能获胜，士气开始低落。当他们又忽然发现自己背后的营垒，都插上了汉军的红旗时，军心顿时大乱，纷纷四处溃逃。

于是，汉军乘机前后夹攻，大胜赵军。他们杀了陈余，活捉了赵王。这就是著名的“背水之战”。俗语“陷之死地而后生，置之亡地而后存”也出自这一战役。

正月初三（1 月 31 日），我们分两路回老家，一路是我一个人，自西向东；另一路是我哥哥和嫂子，自东往西。我们都各自走一段高速路，在中点处下高速，再沿乡村公路走大约 10 千米，就到了我的老家。我从山西阳泉

坐汽车，沿太旧高速东行，在井陉境内的高速出口秀林下车。因为汽车是开往石家庄的，我只能半途下车，走出高速路，步行回家。另一路，我哥哥和嫂子开车从石家庄西行，在同一出口下高速。所以，我一边走，一边等车，我的“希望在后头”。

我是可以立等的，可站在1月的冷风里，时间长了，也很难忍。我就一直往前走，间或慢跑二三百米，跑跑停停。路上，几无行人，偶尔有摩托车、拖拉机掠过，车上的人都捂得严严实实，但无一例外的是，这些人对我在马路上跑步不太理解。车走远了，还会回头看上一眼。

这条路，小时候走过多次。那时是沙石路，路边有成行的、高大的杨树护卫，踩着碎石和细沙，听着窸窸窣窣的脚步声，走在树木夹峙的山间大路上，放在现代人的眼光里，是一种独有的乡村风景。然而，时过境迁，一切不再。现在的路是1996年重修的水泥路。那一年，这里遭遇了百年一遇的洪水，河道两边的道路几乎全被冲毁。灾后，县里集资重修了道路。刚刚整修之后的道路，平整、清洁，弯路取直了，原来道路两边的树木，全无踪迹。一眼望去，平展展的道路沿着河谷伸展，消失在远处山脚的背后，果然是“社会主义金光大道奔向前方”。

可是没几年，这条路就凸凹不平、肮脏不堪了。原因很简单，井陉县境紧邻山西，公路运输的晋煤出了娘子关的第一站就是井陉。这条道路两边密布着规模不等的煤厂。所谓煤厂，不过是一块平整之后的空地，堆积着大小不一的煤山，一间简陋的小屋，一条狗——小屋晚上有人住，和狗一起看守煤厂。那些重载的运煤卡车，碾过平整的水泥路面，就像擀面杖压面一样，车过之后，留下一绺一绺的“波涛”，几年下来，这条路就面目全非了。加之运煤车没有任何遮盖，在颠簸不平的道路上行驶，一路抛撒，和播种机差不多。两边的煤厂也一样地迎风“飘扬”，道路两边的环境状况也就可以设想了。好在现在是冬歇期，没有运煤车，煤厂也都关门休息了。

转过一道山梁，哥哥的汽车追了上来，周围的“风景”关在窗外，不过 15 分钟，就到了“最老的家”——井陉县西部山区、一个有两千余人口的大村庄。这个村子处在三条道路交会的要点，往来的人流、货物较多，村口、路边多有一些门面，或是卖烧饼、油条、鸡蛋汤，或是家庭旅店，有杀猪、宰羊的肉铺，也有治疗头疼脑热的乡村医院，更多的是五脏俱全的“麻雀店”，什么都卖，可是在城里人看来，什么东西都不堪用。

回老家，我们总在姑姑家吃饭，这次也不例外。姑姑家院子不大，典型的北方农家院落。果树两棵，鸡舍俨然，枯藤爬满了院墙，猪圈在距离院门十步不到的地方。正面北房五间，是拱券结构的砖房，开阔明亮。东西各有三间厢房相连，院子的南面是一间低矮的平房，夏天作厨房，冬天就堆放一些杂物。姑父一直是村里的医生，经济条件较好，房间里有自己安装的暖气。我用手摸了一下，烫手，可是室内的温度还是不高，大约是房间的密闭性较差所致。

手忙脚乱一阵之后，摆开桌椅，吃饭。在这种身体被寒冷包围的地方，酒是受欢迎的。我本不喝酒，也随性开灌，不知不觉喝了最近几年最大量的酒，不过，并没有眩晕的反应，在酒精的作用下，身上有了暖意，微醉而舒展。吃饭期间，间或有人来，或是抓药的，或是打针的。

饭后，到三叔家去。三叔和姑姑在同一个村子，只不过一个在河西，一个在河东，一个在村北边，一个在村南头，是一个横穿村庄的大对角。走过小时候我们称为大街的巷子，很多房子重新盖了，面貌一新，已经分辨不出原来的样子，也不知道这些房子的主人姓甚名谁。街面上铺了水泥路，和城里的街道一样平整，只是觉得街道那么狭窄，房子那么低矮，有点大人物走进小人国的感觉，也像姚明走进了普通人的空间，有些局促，曾经漫长的街道，转眼就到了尽头。

三叔的屋子中间有一个火炉，炉火烧得通红，水的热气弥漫在整个房间，热气腾腾的。这间房子有 20 年了，墙壁上有些斑驳，也有烟熏火烤的痕迹，黑魆魆的，像山水画中的云雾。在三叔家的床上，坐着三个邻居，一男两女，其中一对是夫妻，那个男的戴着一副黑边框眼镜，他比我小，我在乡下的时候，我们一起玩儿大的。细说起来，我们之间还有亲戚关系——这就是费孝通先生所谓的乡土中国，大家经年累月生活在半径很小的范围内，祖祖辈辈没有变动，人与人、家族与家族总有分不清、道不明的缘分，这种缘分有时是血缘，有时是情缘，有时是乡缘，有时兼而有之。

他上学晚我一年。他的妻子我不认识，她也不认识我，或许她间接地听说过我家兄弟几个的“传奇故事”，因为在乡下人看来，能够念书而后在京城混饭，和古代中了状元一样令人羡慕。要是再坐飞机跨海出国，可就真了不得啦，提起名字，方圆百里的人都叫得响的。我没那么威风，可是，在我们那一片，名声远播的范围肯定超出了北京城四环以内的面积。

他的妻子衣着很厚，鼓鼓囊囊的，说不上是什么样式，保暖而已，和《秋菊打官司》中的巩俐一个样子。她的年龄在 30 出头，可是，仅从面相看，或者说在我看来，已经远在 40 以外了。岁月如刀，对生活在农村的女人尤其锋利。日落而刀起，月过而留痕，一个青春曼妙的女孩，真正的花样年华是不会超过 5 年的。她和我以及我嫂子不熟悉，话也不多，只是安静地听着，另一个女人更不知道来历，陌生得很，没说一句话。

三婶端出一个盘子，满满当当的，下面是瓜子、花生，上面浮着几块糖。这个时候，来了一位客人，是长我三四岁的一位老乡，就住在三叔房子的前面一排。人过中年，更是沧桑，记忆中的他还是一个活力十足的年轻人，开着拖拉机在社会主义大道上飞奔。可是，站在眼前的，却是“相当相当”持重的老男人了。

他挨着火炉，坐在一个板凳上，说已经多年没有见到我了。我说，我差不多每年都回来，只是时间短，错过了，谁也见不到谁。他也说我的口音变了——其实，我倒不是忘了方言，只是用方言准确说出我的想法，有难度了。所以，言谈之间，我说的是“双语”，说到村子里的人、事、物和以前的经历，就是土语；要是说城里和北京的事儿，就说普通话。

乡下的日子，我实实在在经历过；现在他们能有怎样的改变，我也能体会。所以记录这次回乡，是写给我女儿的，也是写给所有生活在大都市的孩子们的——他们和8亿农民生活在同一个国家，不能说一边是海水，一边是火焰，可是，两者之间的区别之大，超出了想象。

他家四口人，一儿一女。女儿在廊坊师范学院学习，一年的开支包括学费和生活费约在10000元，他们三口人一年花费5000元左右。这是大概的支出，不包括生病和医疗，也不包含接济老人。收入有两块，土地解决吃饭，开拖拉机搞运输是唯一的经济来源。

说起种地，低我一级的老乡说："现在，谁种地啊，我这么大的，除了我，没有人种了，种地（钱）不够花。"我们粗算了一下，水地种小麦，亩产往高了说能到800斤，麦子的价格在0.7元每斤，一亩地的总收入是560元。成本包括水、电和化肥，一季小麦要浇四次水。头年冬天播种之后，浇冻水；开春到收割之前，再浇三次水。每一次浇水，一亩地两个小时，水电一起20元，合计80多元；施肥两袋，一袋磷肥，一袋碳铵，也要60多元。这样算下来，一亩地最多能有400元的收成。他们家的水田不到两亩（一个人6分），麦子一季，满打满算纯收入不到1000元钱，而这是一个精壮劳力6个月的所得，平均下来，一个月150多元，再摊到三个人头上的话，也就是50多元。

小麦看上去是收入，其实是"毛收入"，不能算钱的——因为那是他们的口粮，要是把小麦出售了，他们还要去买粮食，所以，土地的收入只有秋季的玉米。玉米产量大，亩产可到1000～1100斤，市场价0.52元每斤，一亩地的毛收入大概是520元。成本也是水、电和化肥，水、电费略低于小麦，约60元，化肥也要60多元，两项加起来120元。收支相抵一亩地净收入在400元上下。他们家有4亩土地，收入1600元——这是风调雨顺的年景，但遇到风暴和冰雹，这些钱就被"吹"走了。

家庭的经济支柱是拖拉机，可是近年来柴油价格涨得猛，跑运输的人多，竞争也很激烈，不好干；也没有固定的客户，常常是干两天，歇一天，很不稳定，总算下来，一年能挣四五千元。除此而外，就没有来钱的路了。

这次回家，大哥一家是从上海飞到石家庄的。一张机票1100元，三口花了3300元，听到这个数字，坐在屋子里的人齐声说“奶奶呀”——这是土话，是表达吃惊的最高级别的感叹了。我问他去过北京吗？他说没有。他说去过廊坊，送女儿上学。送到就赶紧回来，不敢多耽搁，怕花费，也怕耽误家里挣钱。我曾说过中国的旅游市场是固定的人群在巡游，要是空间、时间不错开的话，这些人每年总有几次重逢的机会并成了老朋友。听了老乡的话，验证我所言不虚。

我问他，村里是不是有搞建筑的——20世纪70年代末期开始，我们村集体就有建筑队，承包外面的工程。他认真想了想，摇头。他说，也有几个人干得稍微好一些，可要算是发了大财，肯定不行，也就是比他们稍微宽裕一些罢了。其间提到我大哥做股票市场的工作，这位老乡给其他人解释说：股市就是一个赌场，不过，这个赌场是国家开的，是公家的买卖，你自己开是不允许的——吴敬琏先生2000年就这么说，农民兄弟也这么认为。

中国的问题纷繁复杂，但到底还是一个农民问题。本文所记只是个人经验，也仅限于中国北方太行山区的一个村庄，并不代表广大中国的其他地域。然而，有一个事实不容忽略，就是1840年以来，中国农民所面对的资源和环境、所采用的工具和技术以及生产组织和社会形态，都没有显著的变化，在这个意义上，本文所记也可以映照到更大的范围内，而不只是太行山脉的一个山坳。

结束本文的时候，插入一段歌词——这个歌词是2001年为罗大佑的《亚细亚的孤儿》重配的，没想到今天可用。有兴趣的人，可以先听曲子，再看歌词。有心的人，可以先了解中国的农村，再看歌词。

田野里的衰草在风中哭泣
这里没有永远属于我的土地
可是我不能自由地迁徙

一代又一代唱着同样悲伤的歌曲

田野里的衰草在风中哭泣
谁和我一起玩平等的游戏
曾经的剪刀依然那么锋利
亲爱的祖国，我忍不住哭泣

多少人追寻逃脱贫困的藩篱
多少人在城市的角落里生息
多少人的眼泪，为自己的儿女抹去
亲爱的祖国，这是什么道理

田野里的衰草在风中哭泣
这里没有永远属于我的土地
可是我不能自由地迁徙
一代又一代唱着同样悲伤的歌曲

多少人追寻逃脱贫困的藩篱
多少人在城市的角落里生息
多少人的眼泪，为自己的儿女抹去
亲爱的祖国，这是什么真理

田野里的衰草在风中哭泣
这里没有永远属于我的土地
可是我不能自由地迁徙
一代又一代唱着同样悲伤的歌曲

田野里的衰草在风中哭泣
……

2006 年 2 月 7 日

单边风景

海　口

如果说颐和园是慈禧太后的御花园，那么，海南岛就是北京人民的后花园。紫禁城到颐和园不过15千米，慈禧老佛爷坐着八抬大轿颤颤巍巍地一路过去，也要耗时3个多小时。乘坐波音757，3个半小时之后，北京人就从黄尘满天的首善之区飞到了2600千米之外的海南岛。海内有飞机，天涯若比邻啊。要是慈禧重生，让她在皇太后和现代公民之间选择的话，我想她一定会选择后者的。100年前的万民之尊，所享有的生活自由程度，还不及21世纪的一个普通百姓。

飞机到达海口美兰机场已是晚上10点了。出了候机厅，热气袭来，虽然预计海口温暖有加，可是，当热风扑面的时候，我还是感叹自己想象力不够。窗外，夜色重重，朦胧之中，看不到迷人的亚热带风景。大红的灯笼，挂在道路两边的路灯架子上，从机场到市内30千米，一路上都是这样的气氛。“大红灯笼高高挂”，有一种暧昧，有一种醉意，更有一种难以言喻的媚俗。

海口应该有一种更好的选择，就是用黄灯笼作为机场道路的照明。因为，海南岛有一种非常有名的辣椒——黄灯笼。这种辣椒只在海南南部出产，椒辣度达 15 万辣度单位，是海南真正的“辣椒之王”。因此，悬挂黄灯笼一方面可以为海南的特产做广告，另一方面也可以把自己从“红灯区”中拯救出来。

不过，我并不是一个固执的人，对海口的第一印象也没有坚持很久。当我们离开海口的时候，再一次经过市区到美兰机场的快车道，道路两边，望不尽的绿色，一片接着一片。南国风光，万里晴空，千里白云，棕榈、油棕、椰子整齐地耸立在道路两边，树干挺拔，绿叶婆娑，远望恰似一排绿色的仪仗，既有铠甲战士的凛凛雄姿，又有一种少妇迎风飘逸摇曳的风情，此境此景，令人难忘。

在这绿色的汪洋里，夜晚看上去粗俗不堪的红灯笼，反成了“万绿丛中一点红”，如点睛之笔，一点红色，一点俏丽。以此观之，并没有一种“全方位”的美丽，“横看成岭侧成峰”，各个角度都“看上去很美”，是美丽的最高境界，而大多数景物、人物之美，不过是单边风景——在某一个时刻、从某一个角度观察，具有某一种特定的美，而在另一种环境里，从另一个方位看去，这种美就不存在了，甚至逆变为一种负面的风景，也未可知。海口的红灯笼就是如此，“单边风景”即为此意。

苏东坡和海南岛

约在 1000 年前，海南岛还不是“人”待的地方——至少在大宋朝的皇帝看来，这个南海中的小岛最适合发配不受朝廷欢迎的人，和 200 年前的澳大利亚专门安置不受英国国王欢迎的人一样。苏东坡是一个随遇而安的人，不管遇到什么逆境，都很洒脱。他的一生四处流浪，每到一处都是满心欢喜的，别人以为苦，他反倒乐在其中。

就这么一个豁达的人，一听到被他的死敌章淳贬谪到海南岛，也死了心了。临别之前，给他的好友王古写了这么几句：“今到海南，首当做棺，次便做墓，乃留手疏与诸子，死即葬于海外……生不契棺，死不扶柩，此亦东坡之家风也”。哪像现在，单位安排我去海南开会，原原本本就是额外的奖赏。

海南的生活，对苏东坡而言，的确是水深火热——周边是一望无际的海水，看不出什么时候沧海能变成桑田；头上顶着火辣辣的太阳，像炉火一样炽热、刺眼。苏东坡初到海南，得到仰慕他的官员的照顾，住在县衙附近的一座官舍里，饮食上也不必操心。可是，过了一段时间，朝廷派来视察被贬谪官员的钦差发现了问题——苏东坡住在官舍里，处处受优待，为此，那个厚待他的官员被免职，苏东坡也只能自己找房子住。

这才是流放。苏东坡离开了官舍之后，在好心人的帮助下，在椰林边上搭了一间小屋。秋天风大雨多，海上断航，大米运不进来，苏东坡也只好挨饿。此时的苏东坡，只好和自己的儿子苏迈“如两个苦行僧”一样生活。苏东坡说，海南岛上要什么没什么，“此间食无肉，病无药，居无室，出无友，冬无炭，夏无寒泉，然亦未易悉数，大率皆无耳。惟有一幸，无甚瘴也”。

怎么办？

苏东坡是一个聪明人，他发明了一种从太阳光中汲取营养的办法。在杂记《辟谷之法》中，苏东坡提到了一个故事：洛阳有一人，一次掉进深坑，坑中有蛇和青蛙。那个人注意到，天亮的时候，这些动物都将头转向从缝隙中射进来的太阳光，而且好像将阳光吞食下去。此人既饥饿又好奇，也模仿动物的动作，饥饿之感竟然消失。此人后来遇救，竟不再知饥饿为何事。苏东坡说：“此法甚易知易行，然天下莫能知，知者莫能行者何？则虚一而静者世无有也。”

这个故事，权且一笑。事实上，苏东坡和此后的海南人，并没有从阳光中得到什么好处。时光飞逝，一样的天空，不一样的风景，时下的海南和海南人已经开始靠阳光吃饭了——阳光、沙滩、海水、棕榈、槟榔、美人蕉，这些是海南风景的最主要的元素。

天涯海角、亚龙湾和博鳌

海南岛中间高四周低，像一个倒扣的大铁锅，越接近海岸，地势越平缓，得天独厚的地理环境造就了海南无处不在的滨海沙滩。不过，由于历史原因以及开发程度的差异，来海南的游客大都会选择天涯海角和三亚亚龙湾作为听风观涛、赏星看月的地方。

下午6点的天涯海角，还有不少游人，更多的是揽客的生意人。这些人多是妇女和孩子，他们每人手里摇晃着一个玻璃丝袋子，里面装着各式各样的贝壳。沙滩很细很软，斜阳夕照，褐色的沙滩泛着金色的光芒。远处海天一色，云层低垂，好像要融入海水里。清风微澜，白色的浪花百无聊赖地一遍遍漫上沙滩，又渐渐退去，留下一道道浅浅的水印。

我们坐快艇去天涯海角，本来安排两个人一组，总人数偏偏是单数，我就一个人独往了。船工驾着快艇风一样飞过去，约3分钟，到了“天涯海角”。船工手指陆地一方，在沙滩、椰树和海水的背景之中，孤立着几块怪石。石头很有形，但也说不出有什么特别的。石头上有红字，据说就是“天涯海角”——因为我近视，只是隐约看见红色的斑点，“天涯”还是“海角”都不真切。

我们的船就这么打了一晃，便兜回来了。原以为天涯清静孤寂，海角荒蛮原始，不曾想也那么大众化，和菜市场一样。何处是天涯呢？地球是圆的，地球上的任何一点都是天涯，或者说，每一个人的内心都像天涯一样幽远，只要容纳着他所关心、喜欢的人。可以说，“天涯海角”不在天涯，不在海角，只在人心。

回到岸上，光脚在沙滩上行走，沙子从脚趾之间流出来，暖暖的，偶尔也有杂质划一下脚底，多是烟头，表示这里是有人烟的。刚走了几步，有一位中年妇女拦住了我，说不能再往前走了。原来，沙滩是被几个人承包的，每个承包者的管界约有四五十米。客人是受限制的，只能在某一个承包者的沙滩上散步、观望以及购物，活动范围极小，倒不负“天涯海角”的名声。

没人去过天堂，也不知道天堂是什么样子，但这并不妨碍人们把亚龙湾看作人间天堂。不过，亚龙湾的“榜样”是夏威夷，好像夏威夷是最初的天堂，亚龙湾是天堂的后继者一样——有关亚龙湾的文字都这么写：“亚龙湾的海滩绵延8.8千米，是夏威夷海滩长度的3倍。”言语之间颇为自豪。

去亚龙湾的路上，风景也不错。道路两边的景色更接近自然，没有房屋，也看不到工业化的迹象。绿叶繁盛，鲜花点点，除了整齐的树木洒在路上的斑驳阴影，四周充满了永恒的绿色。公路穿行在绿色的走廊里，白色的分隔线很醒目，一会儿随着山势弯曲，一会儿在平缓的丘陵上伸展。路不宽，约有七八米，双向只能通过两辆汽车，路基和两边的地面保持水平，并没有高速公路居高临下的气势。这样的设计，虽然不是“大手笔”，却体现了人与自然和谐相处的理念，路是环境的一部分，人也因为这种适宜的尺度而与景观融为一体，反观很多高速公路，劈山开道，越谷架桥，惶惶然如从天降，却完全破坏了风景的原始风貌，成为永远难以修复的致命伤。

亚龙湾是一个海水清澈、波浪不兴的避风港，北、东、西三面环山，正南是广阔的中国南海。风格各异的宾馆酒店，依山而立，在椰林尽绿的半山上，若隐若现；半月形的山势，环抱着平缓的沙滩。赤脚踩着银色的沙滩，凉风阵阵，浪花翻卷，白云淡淡，晴空幽幽，除去人声的喧闹和海浪的拍打，所有的景物都沉浸在一种漫不经心的睡意中。

起伏错落的山脉像两只张开的臂膀，从左右两岸向南尽力伸展，将要形成合围之势，却在最南端留下一个狭窄的缺口。两山对峙，惊涛拍岸，中国南海汹涌的海水和海风，越过这一狭长的通道汇入亚龙湾，在群峰的震慑之下，顿时平静了下来。一半是海水，一半是山色；一半是波光潋滟，一半是青色绵延，海天一色，山水缠绵，这就是亚龙湾，一座得天独厚的滨海庄园——山是护卫着迷人湖水的庄严屏障，海是城堡中波澜不惊的蓝色池塘。

最让人流连的依然是岸边的沙滩，“智者乐水，仁者乐山”，而所有人都爱海边的沙滩。三三两两的游客走在沙滩上，海浪涌上来，滑过赤裸的双脚，又慢慢退去。海水清澈，来去无痕，飞卷的浪花打湿了女孩子的长裙，展露出女性青春曼妙的身躯，这是海滩上的另一种风情。小孩子们早玩儿疯了，一会儿在水里，一会儿在沙里，身上的水珠分不清是海水还是汗水，反正都是咸的。这个时候，阳光热辣辣的，并不适合游玩，可是，我们时间仓促，只有一个小时，也只好满足于“到此一游了”。据说，亚龙湾最美的时候是日落而月上之时，海风絮语，五彩斑斓的时刻，那一种境界只能意会了。

如果说亚龙湾之美是山景与海水相映，那么，博鳌之秀则在于三江与海水的对唱——江水曲折，一带而过，三江汇流于此，遭遇浩瀚、澎湃的海水阻击，在不到10平方千米的范围内，形成了东屿、沙坡和鸳鸯三个小岛。东屿岛面积最大，有178万平方米，著名的博鳌亚洲论坛就召开在这个岛上。江水环绕，三岛鼎立，一幅传说中的江南水乡景象。

江河入海口的岛屿是河水遇到潮水顶托，流速下降，河流携带的泥沙沉积形成的，上海的崇明岛就是这样。和长江比起来，万泉河小得多，正因为如此，万泉河与南海交汇之处的自然生态完美地展现了江海交锋的景观，江海交流，方显沧桑本色，三江三岛，彼此依偎，正是远古时期天色昏黄、大地初创的微缩模型。

分隔万泉河与南海的是一条长约8.5千米的玉带滩，从地图上看，玉带滩是一个南北细长的三角形，和比基尼一样。实际的地形，是中间高、两边低，坡度也很陡。内侧是万泉河与沙美内海，湖光山色；外侧是中国南海，烟波浩渺，海天一色。玉带滩就在万泉河和南海不眠不朽的交战中，大浪淘沙，堆成一个半岛。半岛一边是大陆，另一边是万泉河入海口。入海口宽不超过100米，要是涨潮，玉带滩的大部分被海水淹没，江海几乎一体了。

站在玉带滩临海的一面，海浪奔涌，海水依然清澈。鬼魅一样的蓝色，深不见底。我小心翼翼地踩着沙滩，向万泉河入海口走去，体会什么是如临深渊。海面的东北方，有一片乱石，激荡着海浪，“卷起千堆雪”。远处的海面，“惟余莽奔”，就像电影《水世界》的景象，海水之外，还是海水，让人绝望的海水。

我尝了一口河水，微咸，比海水好喝多了，可以下咽。万泉河入海口能看到对岸的景色，民居点点，椰树摇曳。河水的流速不是很快，在海水的阻挡之下，泛起白色的浪花，点缀着苍茫死寂的海面。顺着玉带滩的内侧返回，离开入海口一百多米之后，又尝了一口河水，也有淡淡的咸味。内侧的沙滩因为河水的冲刷，也很陡峭。江水滔滔，去而不归，“逝者如斯，不舍昼夜”。抬头，一个人从沙梁上露出来的，好像是从沙里冒出来的，又像是从天上掉下来的。沙滩连接着天空，海洋包容着江水，天地悠悠，江海茫茫，此景常在，而人不常来。

2006 年 5 月 25 日

北戴河指南

东山宾馆38号楼

北戴河是大半个中国的缩影，或者说是北京的缩影。凡在北京见到的重要建筑，在北戴河海滨也能看见它们的存在。北戴河以“×××疗养院”“×××休养所”居多，也有“×××培训基地”“×××培训中心”。以“×××”指代，没有骂人的意思，只是言其极多。

兄弟我在北戴河的时候，住在东山宾馆38号楼。东山宾馆是对外的名称，对内，又叫河北省北戴河管理处。

这是一座十分庞大的庄园，面积不详。它建在半山上，地势中间高，四周低，正门在西，东临渤海。园子像一片巨大的树叶，叶柄是大门所在，叶子右边是新区，左边是老区。两区之间，有一条新修的、很长的道路，直通海边。几十座不同年代、风格各异的房子，在绿树丛中半隐半现。连接这些房子的道路，曲折幽深，像一片叶子的经纬线把散布的建筑串接在一起，形成一座安静的绿色迷宫。

38号楼在园子西北角，顺着水泥路一直向左，到头就是。这是一座独立的二层楼，苏式建筑，应该有五十多年历史了。外观虽然老旧，可是依然保持着苏联建筑奢华、夸张、大尺度的气势，房子四周有宽敞的回廊，

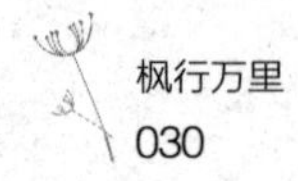

清风浩荡。

房子坐北朝南。房前，即南向，是一块破败的空地，乏善可陈。房后，即朝北，有 8 棵高大的新疆杨，一字排开，像气势威武的年轻军人，巍然而立，挺拔入云。新疆杨有什么特点，没有研究。据我观察，其树干比普通杨树更黑，树皮更粗糙，也没有普通杨树上“美丽的眼神”。树下灌木横生，未经整理的枝丫四面出击，或直或斜，高低参差；野草和灌木一样高，随风而起，望风而倒，像是一丛丛没有条理的乱发，努力填补着杨树和灌木之间有限的空隙，捕获稀有的阳光。地面上长满了苔藓，枯枝烂叶，散落其上。

我住一层，朝北，睡在靠窗的铺位上。我们入住的时候，已经快 12 点了。虽是正午，却并没有酷热的感受。推开通向走廊的纱门，站在宽阔轩敞的走廊上，绿色盈目，清风徐来，空气中洋溢着腐败的树叶、潮湿的地衣、嫩草和野花混合的气味。

回廊下，有一块空地，六七平方米，是特别清理出来供人休息的。平整过的地面上长满了青苔，柔软舒适的感觉不亚于星级酒店的纯毛地毯。野草在侧，伸手可及；灌木合围，三面环绿；老树在上，树影落地。此处，可临风，听蝉；可赏绿，弄影；可品茶，对局；可仰望星空之旋转，俯视季节之错落；此处，可休，不可眠——因为蚊子太多。

睡觉要在房间里——“风能进，声可闻，蚊子不能进”的地方。坦腹东床，睡意漫卷，清风送爽，草味深深，似这般蹉跎时光，怎一个爽字了得。当然，要是时间回溯，东晋太尉郗鉴再选女婿，恐非我莫属。

话说王羲之的岳父郗鉴是个很爱才的人，为了给女儿找一个合适的对象，郗鉴动了不少脑筋。后来，听说丞相王导家子弟个个仪表非凡，才华出众。于是，派了一个门客到王导家探听消息。东晋是一个最讲究门第等级的朝代，太尉选婿，非同小可。消息一出，王导家众子弟一个个都像吃了兴奋剂一样，紧张得坐立不安，更不要说睡觉了。门客来的那一天，众子弟各自精心打扮了一番，规规矩矩坐在学堂里，表面上是看书，实际是想“书中自有颜如玉”。只有一个人与众不同，他像平常一样随便，敞着上衣领子，露着半块肚皮，一边写字，一边比比画画，一副事不关己的状态。他就是王羲之。就是这么一个样子，偏偏被郗鉴看中了。

要说王家子弟一个个都不错，彬彬有礼，年轻英俊，才华洋溢，简直没法说哪个最好、哪个较差。门客没有主意，照实给太尉大人做了汇报。这位郗大人听了门客的汇报，对那位举止“随便”的青年产生了兴趣。他问明了情况，高兴地两手一合，说：“这就是我要找的女婿。”

我躺在床上睡觉的模样，一定比王羲之更投入、更自如、更满不在乎，要是被郗鉴太尉看到了，王羲之这个“东床快婿”肯定要落选了，我将取而代之。可要是郗鉴看到了和我同居一室的我同事的睡相，我也只能徒唤奈何了——他睡得无比美满，鼾声震耳，如河东狮吼，和他相比，我只能算是假寐，因为实在是睡不着啊。有两种声音时时在耳边呼唤，一在外，是蝉鸣；一在内，是鼾声。两种声音内呼外应，一高一低，一近一远，这种扰动心灵深处的合奏，驱之不散。

反正没有什么必须要做的事情，心静如水。午睡之后，把房间内的沙发倒腾到走廊上，斜着看书。此时，蝉噪更盛，如涛声一浪高过一浪；海风越过新疆杨的树梢，在走廊里呼啸而过；午后的阳光穿过密密匝匝的树枝、灌木和野草的缝隙，留下笔直的光线和摇曳的阴影。亮色的叶子、明暗参差的树干、暗绿的野草、潮湿乌黑的泥土，尽显自然色彩的微妙和细腻。原本平平常常、不过数亩的小树林，对于久居大都市的人来说，却有一种原生态所独有的单纯与和谐之美。

白天是喧闹的，到了夜晚，这里却是另一幅安静的景象。深夜，更是寂静无声。夜晚 11：30，我一个人走出 38 号楼，沿着房子后面的一条小路在园子里散步，独享这万籁俱寂的宁静。道路左边，在深沉的黑暗之中，有昏黄的灯光，间有流水和人们呼喝的声音——那是一座和 38 号楼一样的建筑，白天被大树遮挡着，晚上，则被浓重的夜色吞没了，只有漫不经心的灯光泄漏出它的存在。

再往前，一片茂密的树林之后，灯光耀眼，两个人、几张圆桌和若干椅子，聚集在灯光下面。我走过去，看见上面写着：青院餐厅。一位年长的人首先和我搭话，我们随意聊了起来，好像是多年的老朋友。不紧不慢的声音，伴着半睡的灯光，融进夜色下的树林和草丛，转眼就消失了。不过，我却生出了一种感触，在这种需要提高警惕的场景里，两个素不相识的人没有遮拦，不问身份，不问何去何从，坦白地交流，彼此好像已经认识了很久。而在忙碌的大城市，每一天我们会遇到数不清的人，每一个人都和我们自己一样有一副冷漠的表情。“大隐于市”或许是这个意思。在人潮涌动的闹市，一个人转眼就消失了，我们自己也往往混淆了自己的所在和身份，而在我们单独面对自然的时候，我们才可以重新找到自己，才可以发现自己的存在。

午夜已过，餐厅要关门了，其中的年轻人开始收拾桌椅，我起身离开，继续往前。前面有一道象征性的门，示意旧区的结束和新区的开始。门外是一条横过门前的较宽的水泥路，路边的树木、花草不再像旧区一样蓬乱未理，而是修剪得规规矩矩，总让人想起中国的小学生背手听课的样子，齐整不假，但是那份装模作样却表露无遗。出得门来，向右，沿着这条区分新旧区的道路往前，从另一条路折返，路的右边是一个小型植物园。

在暗淡的灯光下，只能分辨“植物园”三个大字，认识植物园中的其他植物，是第二天早晨的事情了。这里有三种灌木——小叶黄杨、紫叶小檗和金叶女贞。这三种植物都是常见的，在我住的小区、所在的学校，紫叶小檗和金叶女贞很多。它们喜欢湿润，也很耐寒，大雪之后，洁白的雪花映衬着紫红和嫩黄，风景独好。可是，我却始终不知道它们的名字，这一回算是找到了答案，非常高兴。

为了纪念这一“植物大发现”，我和同事一起做了一副对联：

上联：小叶黄杨紫叶小檗金叶女贞，叶叶成片

下联：大头乌龟绿头苍蝇木头汉子，头头是道

横批：六根未净

这副对子，初看有点俗，其实，纯粹从“技术角度”分析，还是很有技术含量的。比如“黄杨”和“乌龟”，“乌”取的是黑色的意思；“苍蝇”对“小檗”，取“苍”大的含义，“沧海”所言之大是也；这副对子，我们两个人切磋、琢磨了很久，回到北京之后，袁老弟还专门打电话研讨这副对子的横批，业精于勤，此为实证。

这就是我在北戴河下榻之处的概貌，这些场景，虽然粗略，却是我亲历。然而，有一座房子，我却只能绕着它转圈并透过窄小的窗户“偷窥”，未能深入其内以观其详。

这是一座老式二层建筑，石墙，坡顶，房前有一个窄窄的回廊，勉强遮风避雨。屋顶上有一个显眼的烟囱，这所房子肯定是殖民时期的遗物。石墙是由不规则的石灰岩砌成的，青灰色的石头虽然不鲜艳夺目，然而，久经风雨之后，依然展现出苍老之中的朴实和沉稳，并无“名胜古迹”供人瞻仰的颓废和衰败的迹象。外墙上，爬满了绿色的藤蔓。旁边，一棵高大而孤立的法国梧桐，一树成荫。

本来，这座房子是容易被人忽视的，可是，周围的旧房子都拆光了，新建的房子，不管是体积、材料、式样，都与其完全两样。此时，你才会发现被众多现代化建筑所包围的这一所体量非常小的石屋子。我经过的时候，发现有人进进出出，以为这是一座别墅——外部古拙，内部奢华。但是，我还是忍不住好奇，想到房子里看个明白。我走到石屋门前，墙上有一个标牌：秦皇岛重点文物保护单位——东堂教堂。透过玻璃窗，石屋内的房间里放着一张床，屋子的一角，衣架上挂着客人的衣服。我敲门再三，没有人回应，我不得而入，就绕着石房子走了一圈。

看　海

海是神秘的。自古，大海就是人类所有梦想的发源地，也是荒诞不经的怪异传说的来源之一。人类对大海充满了渴望和向往，也对大海充满了恐惧和迷惑。对中国人来说，大海更是一个爱恨交加的对象。因为，遇到来自大海的外侮之前，皇皇中华的历史是多么伟大，多么辉煌，而且按照它既定的轨道，大概可以继续发展下去，直到无限。而在遭遇以英国为首的枪炮之后，中国的畏缩不前，则赤裸裸地展现在全世界人们的面前。越过大海，西方人发现了一个在世界文明之外游荡的庞大的市场；越过大海，中国人发现了一个他们闻所未闻的崭新大陆。

在中国，最早到秦皇岛看海的是秦始皇。秦始皇不可一世，拥有了他所能够想到的一切，唯独不能万寿无疆。他到秦皇岛，除了炫耀自己的文治武功之外，最大的心愿是寻找传说中的海上仙境，或者能够求到秘方，炼成灵丹妙药，让他长生不老；或者遇到仙居海市的神仙，点人成“精”，再也没有死亡的恐惧。所以，秦始皇并不是去看海的，而是去“保健”的，就像现在在海边游泳的男女老少一样，每一个人对海和海水并没有任何感觉，真正的乐趣在于阳光、沙滩、海水有益于自己的身体健康。

秦始皇死了，没有留下任何看得见的东西。可是，值得秦始皇永远骄傲的是他“废封建立郡县”所奠基的集权专制制度，这个制度经历了2000多年依旧阴魂不散。而且，秦始皇更可以嘲笑他的后继者的是，在他那个时代，他就拥有了“面向世界”的胸怀，由咸阳东来，千里迢迢地到秦皇岛“看海”，既有威震天下的豪情，也有东临沧海的“小资情调”。可是，到了大清，那些号称“千古一帝”“十全老人”的帝王们，却只会让弱不禁风的宫女们，在小水沟里（大运河）拉纤，晃晃悠悠地“烟花三月下扬州”；或者在圆明园的小池塘里，在颐和园的荷花池中，装模作样地看海。所以，在北京，颐和园有海，圆明园有海，北海、什刹海、中南海都是海，而它们充其量不过是“一杯沧海”。

中国人不“看海”——整个明朝，都被紧紧地勒在贫瘠的黄土地上，郑和例外。清朝也不“看海”——郑成功骚扰江南沿海，康熙皇帝烦了，下了一道谕旨，命令沿海15千米以内的居民全部内迁。原本住在海边，也是“片板不准出海”的。这一下，人民要想“看海”，更不可能了。清朝中后期，福建、广东一带的贫苦渔民，纷纷到东南亚一带谋生，与西欧的国王、贵族支持航海不同，中国的皇帝把这些走投无路到海外谋生的人，当作“天朝叛民”，和所在国一起对华侨进行清剿和杀戮——海外华侨的悲惨命运，实在是因为“万民之首”的皇帝。

看海，有三个时间。早晨看日出，顺便在海滩上打扫战场——退潮之后的海滩，一片狼藉，或许是海水和海岸在我们看不见的夜晚经过了殊死的较量。早晨的海滩上，与经过激战之后的战场一样，混乱不堪。褴褛的水草，散乱的贝壳，搁浅的鱼虾，在岩石缝里隐藏的螃蟹，应有尽有。看海的第二个时间，是傍晚。此时，阳光斜照，不像中午那么暴晒和刺眼了，人们在海里游泳、戏浪，在沙滩上或躺或坐，轻松自在。第三个时间，就是夜晚，海风初起，送来大海深处的清凉，漫步海边，看海听风，又是另一种光景。

我们到海滩的时候，已是下午4：30了。阳光尚在，人群涌动。向远处望去，半月形的海滩上撒满了人。那种场景，好像一地红薯。红薯长在地表下半尺左右的沙土里，收获的时候，用镢子刨。镢头举得很高，抡起一个半圆的弧线，然后，快速下降，依靠镢头的重量和男人的臂力，镢头深入地下很深，应该有一尺半。把土翻起来，一窝一窝的红薯就露出来了。翻出来的泥土带着湿气，很难说是一种什么颜色，大概比较接近于深咖啡色。红薯的颜色比较接近婴儿的颜色，粉嫩粉嫩的。这个时候，新翻过的土地恰似海面，起伏不平。大大小小、形状各异的红薯，有横有竖，有站有躺，有正有斜；有的全部露在外面，有的大半埋在土里，扒开土，可能会看到一个大家伙。

此时的海滩，就像正在收获红薯的庄稼地。有的人坐着，有的人站着，有的人半埋在沙子里，只露出半个脑袋。我们沿着“红薯地”往前，海水漫过来，在沙滩上留下浅浅的水印，又慢慢退去。孩子们兴高采烈，看见海浪过来，就冲过去，被海浪掀翻，然后，爬起来，继续和大海搏斗，那种无知无畏的可爱，让人心动。

我一边看着海水一遍一遍地漫上沙滩，一边想到：海水这样漫开，多像摊煎饼啊。海水就这么不厌其烦地摊了一张又一张，经年不休。这样看，渤海就是上帝摊的一张举世无双的大煎饼，真如此，沿海的人们应该饱食无忧了。人的想法，总和自己的经历相关，再丰富的想象力，也脱不开自己的生活轨迹，想到红薯、想到海水漫过海滩就像摊煎饼一样，足以说明自己的农民本色。

大多数人在海里游泳、在沙滩晒太阳的时候，我沿着沙滩行走。过了一段沙滩，又是一段，看过了一片素不相识、像红薯一样或站或躺的人群，又是一片。海水的颜色是淡蓝色的，有点混浊，有些地方还有残余的海草、海带和海苔，海水的内容也就更丰富了。这样的海水不能叫水了，像汤一样。如我所想，要是果真把这海水舀一碗，放在炽热的煎锅上，或许真能摊一张煎饼，最省事的是，不用放盐了。

转眼，我们到了半月形沙滩的突出部位——这里是一个三面环海的微小的半岛，岛上有一座观海的建筑，状如海螺，叫碧螺塔。半岛的一面，远处靠海的地方，搭建了一个露天的舞台，舞台的背景就是一望无际、天水相接的海面。近处，以舞台为中心的扇形区域内，有几个类似梯田的大小不一的平台。平台上，有序地摆放着长桌和长椅，像一个酒吧的陈设，只是这些桌椅都很粗大，是用原木制作的，仅仅涂了一层保护的油漆，显露出一种开天辟地的拓荒气魄。

沿着半岛的斜坡下到海边。这里的海岸不再是平坦的沙滩，而是怪石林立。在一块巨大的礁石上，有一个女人安静地坐着，那种岿然不动的姿势，让人觉得她和礁石经历了相同的岁月和相同的海风。海风浩荡，海浪汹涌，女人依然是那样从容，那样安静，那样不为所动，只有她的长发如丝，在风中飘动。她静静地坐在那儿，不知道她什么时候来，也不知道她什么时候要离去。不知道她是在快乐着自己的快乐，还是在悲伤着自己的悲伤。

我们涉水来到最远处的礁石，前面只有汪洋一片。水天一线中，来往的船只像一块块积木，漫无目的地推过来推过去。海面是平静的，也是诡异的。海波是躁动的，就像印象派画中水波旋转的池塘。站在礁石上，放眼望去，有一种天地一体的幻觉，最远处好像立着一堵倾斜的水墙，它慢慢地倾斜，变幻着颜色向我们靠近，由深黑、深蓝、浅蓝，直到雪白的浪花，由脉动、起伏、汹涌，直到飞卷的泡沫。大海，在看不见的地方积聚力量，在无法察觉的时刻生成波澜，因日月而动，却不随岁月更改，无始也无终。

2006 年 8 月 15 日

北戴河补记

北戴河回来之后，写了一个《北戴河指南》，叫“指南”的用意在于说明，北戴河虽是看海的绝佳之处，可风景其实是无处不在的。只要用心，只要留意，风景就在你身边，在你的窗外，在你途经浏览的每一个瞬间。所以，在《北戴河指南》里，我把38号楼作为“主角”来描述。

住过38号楼的人，都抱怨它的破败——室内陈设老旧，不能洗澡，门开得了关不上，或者相反。楼的四周荒芜森森，就像一座被废弃的庄园，完全被原生的老树、杂草、朽木、落叶占据了。可是，我却很喜欢这种“荒废不理”的状态，自然和人，各行其道，井水不犯河水，互不干涉，每一种生命都由各自意志决定，而不是修理成另一种生命赞赏喜欢的样子。“女为悦己者容”，是人类的嗜好，花草树木，大概没有这种习惯。

《北戴河指南》是回北京之后写的，耗了不少时间。在北戴河也写了几行字，因为没有带笔记本电脑，就用手机“创作”。坐在冷气适宜的大巴上，才思滚滚，转眼就写了两个五言——是不是符合古诗的五言，我不知道，我也不想知道。因为，我就是一个不守“规矩”的人。

其一（第一版）	其一（第二版）
清风越松林，	清风越松林，
孤楼隐荒径。	孤楼隐荒径。
蝉噪竹叶静，	蝉噪竹叶寂，
鸟跃疏影动。	鸟跃疏影动。
回廊遮怒日，	回廊遮怒日，
空屋草味深。	空屋草味深。
人倦书半落，	人倦书半落，
唯余鼾声振。	唯余鼾声振。

这是其一，有两个版本，第二个版本只改了一个字，由“静”而“寂”，一字之差，意象有别。“蝉噪林愈静，鸟鸣山更幽”是王维的名句，“蝉噪竹叶寂，鸟跃疏影动”，有追随王维的部分，也有自我的处理，可谓“站在别人的肩膀上”，有继承，也有发展。其实，用古人“垫脚”，并不是什么错误，问题是有些人“站在别人的肩膀上”的目的不在于提高自己，而是要贬低别人，把前人、旁人、其他人变得和他一样低劣，贬为一个水平。或者，由于个人能力有限，即使“站在巨人的肩膀上”，还是两眼一抹黑，什么也没有发现，那就只能抄袭、复制和临摹了。

其二也是两个版本，还是38号楼外的景象。老树、新枝、鸟鸣声声、浮光掠影，这些都是“中国特色”风景的基本元素，自古皆然。可要想把这些元素组织好，构成一幅有秩序的美景，就需要很好的协调和配合，需要适当的节奏和次序。安排得好，就是一幅笔墨经济的速写，用笔寥寥，却栩栩如生——中国的古诗，都有这个境界。不过，以秦皇岛为背景的诗词歌赋，焦点都在海，最著名的莫过于曹操的《观沧海》，而写山景、园景的大概就数这两段了。

为此，我把其一、其二，“刻”在大理石上，希望它们经得起时间的考验，换句话说，就是“流芳百世”。

其二（第一版）

老树高百尺，
新枝立窗前。
鸟鸣近且远，
关关复啾啾。
浮光掠林隙，
碎影舞翩翩。
晨风洗睡眼，
逍遥又一天。

其二（第二版）

老树高百尺，
新枝立窗前。
鸟鸣近且远，
关关复啾啾。
浮光掠林隙，
碎影摇又移。
晨风洗睡眼，
逍遥又一天。

2006年9月2日

北京印象

北京新地标建筑

国家歌剧院注定是一个著名的建筑，因为它占据了一个至关重要的位置。

国家大剧院在人民大会堂西侧，隔着长安街，与中南海相对。人民大会堂是中国的最高权力机关，中南海是最高行政机关，长安街是北京“大十字”城市结构的水平线，国家大剧院就在这个水平线的中间偏西一点的位置上。独一无二的空间位置，决定了国家大剧院独一无二的知名度。在这么重要的位置，想不知名、想不让别人关注，都是不可能的。

但这并不是说国家大剧院之所以成名完全是“狐假虎威”，借了权力的威势才引人注目。其实，保罗·安德鲁做了一个非常大胆的设计。大剧院整体是一个巨大的“蛋壳”，它东西轴长约 212 米，南北轴长约 143 米，中间没有任何支撑，是目前我国最大的钢结构穹顶。不过，它的高度并不显眼，比人民大会堂低 3. 32 米，以示对权力之“谦卑”。这样超出想象的大跨度穹顶，覆盖着银色的钛合金，剧院的四周是大面积的水池，青波斜阳，水面上升起一个尺度空前的泡泡，就像蔚蓝色的海洋之上，浮出的巨型水母，光影交错，水色逼人。

可问题在于，国家大剧院的选材和色调，都是冷色——钛合金、玻璃幕墙、水色，都散发着冷峻、犀利、不妥协的“后现代式”的光芒，这种光线和保守的中南海红墙、明晃晃的故宫琉璃瓦以及人民大会堂的黄色调是不和谐的。所以，国家大剧院是一个“空降兵”，就像我们看到的UFO（不明飞行物）突然降落在一大群灰砖黄顶的建筑之中，显得那么出格，那么与众不同，周围的所有建筑都以一种审视的目光俯视着它，和我们最初看到蓝眼睛的外国人的眼神一模一样。

所以，专业人士会拿国家大剧院和卢浮宫前的玻璃金字塔比较，会拿保罗·安德鲁和贝聿铭做对照。贝聿铭是中国人，在古老、庄重、有历史感的卢浮宫前，摆了一个玻璃材质的金字塔。法国人都快气疯了，除了总统密特朗坚决支持贝聿铭，其他人都是反对派。可是，法国人最终接受了贝聿铭，也接受了金字塔。因为，金字塔是传统和现代、东方和西方、张扬和内敛的最好接口，反对变成了赞誉，其疯狂程度比最初的反对更激烈。

历史是一个轮回。这一次，该法国人给中国人“制造”神奇了。保罗·安德鲁在北京的心脏地带做了一个惊天动地的“外科手术”。贝聿铭是“变脸”，只是在卢浮宫之外增加了一个开放、透明的入口，大部分的建筑以及结构是在地下展开的，而安德鲁做的是“换心”手术，它在古老的东方文化的重围之中，植入了一颗现代的心脏。贝聿铭做的是某一个建筑的附属部分，是一个建筑体系的延伸，安德鲁设计的却是一个独立的建筑体，它是自成系统的，是非依附的。因此，贝聿铭的金字塔要和环境、和卢浮宫、和法国文化妥协，而保罗·安德鲁的国家大剧院和承载它的建筑环境和文化，必然是冲突、对立和充满竞争的，这是注定的，不可更改的。

我们接受国家大剧院，是不能把它放在环境之中观赏的，或者说，不能把它放在大环境中欣赏，而只能把它放在它自己的“世界观”中观察——这个“世界观”，就是流畅的椭圆形曲线、钛合金的银色光芒、巨幅水面的柔波和大跨度穹顶的震撼，仅就这个建筑本身而言，就建筑的外观和形式而言，它是完美的——为了构成形式的统一，安德鲁甚至不愿意在这个建筑体上“开门”。剧院的入口建在地下，观众在封闭的通道里，被引入音乐的宫殿。

国家大剧院会成为北京的崭新风景，但这必须借助“天时”。设想，在大雨磅礴的夏天，密集的雨点泼洒在椭圆形的穹顶上，滔滔的雨水，倾泻而下，如川流不息的瀑布，“有水自天上来，不亦乐乎”；月色委婉的秋天深夜，月光似水，穹顶高悬，你，约一个自己的梦中情人或者白马王子，坐在穹顶的最高处，数一数有限的暗淡的星星，听一听城市寂静的声音，说一说彼此之间的情话，是不是既惊险又刺激啊。当然，也有扫兴的时候，北京春天的风沙，会让银色的“大鹅蛋”蒙尘，变成一只不折不扣的“金龟子”。

从国家大剧院往西，在长安街的南侧，有另一座大型单体建筑——首都博物馆新馆。因为没有国家级的博物馆，因此，首都博物馆扮演了一个“兼职”角色，既是北京市的，也是中国的。这是一座方方正正的巨型盒子，阔大的屋檐伸展到墙体之外，看上去像是一顶“进口”的博士帽。另一种寓意也许是秦始皇的皇冠，前伸后延，繁复而无意义。屋顶的挑檐虽然很长，或许已经达到了最大尺度，可是，与高度比起来，还是太短，既不能遮挡北京夏天炽热的阳光，也不能为行人遮蔽风雨，所以，它的大屋顶又是一个虚张声势的装饰物。

不过，与中国其他公共建筑拼命抬高“门面”不同，首都博物馆在“头上”做文章。中国所有公共建筑无一例外都有一个气势恢宏的大门，或者是可望而不可即的“空中台阶”，人民大会堂如是，北京历史博物馆也这样。首都博物馆走的是另一条路子，就是“从头做起”。大门是内敛的、简单的、不显眼的，可是，空前的屋顶起到了树立形象、渲染气氛、彰显气势的作用，一样表明了自己的出身不凡。

除了非常的屋顶，首都博物馆内部还有一个巨大的中厅——据说，这是为了各种专题展览而设计的，展览举办者可以根据需要，随时改变空间布局，以应所用。中厅的装饰很有特色，有“北京灰”砖墙、青铜照壁和仿明清家具色彩的墙壁，金木水火土，东西南北中，历史和现代通过各自的

“先进代表”在这里展现和交汇，给人一种如梦如幻的跨越时空的全新感受。

我说，这是一个浪漫邂逅的高发空间——这里很安静，人烟稀少，不像王府井和西单，当你与一个美丽眼神神秘“接轨”时，那个她却被轰轰烈烈的人流冲走了，再找，就没了影子。再则，博物馆有一个天然的“过滤机制”，来这里看展览的，虽来自五湖四海，但都是为了一个共同的目标才来的。大体上，每个人的志趣、爱好，也包括身份、财富等，不会有太大的悬殊，不至于出现那种“除了爱情，一无所有”的悲剧情节。所以，在这样一个安静的、能听得见彼此呼吸的空间，如果闪现了电光火石的碰撞，则一定会诱发流光溢彩的浪漫故事。

一座伟大的城市，一定要有一个伟大的传说。北京，欠缺一个这样的故事。以前，大约是没有合适的场景，现在，首都博物馆搭建了一个伟大的舞台，接下来应该上演传奇般的、值得期待的爱情故事了，就像曾经在罗马城发生的“罗马假日”。

“鸟巢”坐落在北京中轴线的北端，这块地是1990年北京亚运会之后就预留出来的。从平地上生长出来的钢筋铁骨，飞架南北东西，编织出一只“美丽的鸟巢”。它的含义是双重的，既展现了中国工业化的非凡成就，也体现了关注环境、关注鸟类和动物的和谐观念。它是充满张力的、健康的、阳性的、倔强的，也是充满柔情的、可以依托的、脉脉温情的粗糙家园。它就像一个西北荒地上的农民，浑身满布青筋和肌肉，没有一点中产阶级的“赘肉”，更没有暴富之后资产阶级的劣质肥肉。所以，在公开投票中，“鸟巢”获得了公众的一致好评，并最终胜出。

可是，当“鸟巢”真正成为一个现实之后，它的形象却是令人失望的。最大的问题是，在效果图上看来均匀、有节奏的钢筋，在实际造型中，是错布杂交、毫无规则、乱蓬蓬的，真像是鸟儿漫不经心搭建的简陋鸟巢，而不是经过人工精心设计的有韵律的建筑。这就是理想和现实的悖论：我们看到的效果图，是从一个平常人不可能达到的高度——比如直升机，不可能具备的视角——全景式的、360度的，而且是自动旋转的角度来俯瞰鸟巢的，以这种高度和视角看到的，自然是匀称的、有节奏的、和谐的“鸟巢”，我们也因此选择了它。可实际上，每一个人站在鸟巢面前时，所能看到的仅仅是很小的一部分，几根错综复杂的钢筋就布满了一个人的视野，此时的“鸟巢”更可能是失去了节拍的、不对称的、不协调的脚手架。就像欣赏美女，在一个适当的距离，美则美矣，可是，要是拿显微镜近距离地观察，美女的脸蛋一样会失去美感，让观察者失去兴趣。“鸟巢”之反差，即出于此。

“鸟巢”给我的联想是：这是一个农妇下地干活时所用的柳条筐，或者，就像《红灯记》中李铁梅拾煤渣时的提篮。柳条筐、提篮都是农用家具，也是艰苦生活不可缺少的道具。在这个意义上，我们说“鸟巢”是农民式的也不为过。它坚固、精干，裸露着自己的躯体，没有丝毫的羞怯和遮掩，它好像在诉说着生活的苦难，可是它并不卑下。

沿着中轴线再往北，就是“水立方”了。我喜欢水，也喜欢“水立方”。北京缺水，北京人也都会喜欢“水立方”。它的设计和建筑都是完美的，外观整齐划一，是一个非常规则的立方体，棱角分明，笔直的线条给人以强烈的震撼。可是，它并不冷峻，并不酷，并不散发出抛光之后的工业光泽。因为，它的外部覆盖着一层类似水珠的、不规则的薄膜，这些图案组合之后，产生出一种“魔幻现实主义”的“水色”，有亲和力，这大概是“水”的魅力所在，也是中国人所推崇的一种智慧所在。“水立方”是均衡的、对称的，无论从哪一个角度看去，它都极具风采，远远望去，“水立方”像一块四四方方、平平稳稳、巨大的“席梦思”床垫，而且，它采用了最流行的“水床”技术。

如果，你想有一个浪漫的爱情故事，请从首都博物馆开始；

如果，你找到了自己一生的情人，请带她到国家大剧院的尖顶上听音乐；

如果，你想舒舒服服地睡眠，请到“水立方”席梦思床垫上；

如果，你们的爱情遇到了麻烦，请想想“鸟巢”一样的简陋生活。

金海湖和京东大峡谷

风景，有两种，一种令人事后回味，另一种则让人后悔不迭。金海湖就是后一种状况。出北京，沿着京顺路到顺义，穿过县城，一直向东，大约在中午11：30，我们一行五人，就到了很有名气的金海湖。

遗憾的是，我们却选了一个桑拿天，这一天是2006年8月12日。金海湖不是天然形成的，其原型是海子水库。站在干燥的水泥大坝上，“温暖的太阳当头照”，热汗直流。水面上，快艇飞驰，留下一道道V字形漫卷的白色浪花；偶尔，有鲜艳的降落伞腾空而起，又飘然而下——这是游客在摩托艇的牵引下，玩滑翔游戏。

我问水库管理人员，水库的容量有多大？答曰：1000多万立方米。事后看资料，海子水库的容量可达1.2亿立方米。虽然今年北京的降水量较充沛，可据我观察，水面距离泄洪道足有4米多。远处青山，上半边碧绿如烟，下半边裸露着曾经被水浸泡过的山岩的痕迹，就像一个时髦少女，穿着一条七分裤，露着半截白花花的小腿。这种样子，正是水库“干渴”的标记。我们在水坝上打了一个来回，匆匆而退，浑身的汗水如果能够汇入水库，估计水平面可以涨一厘米了。

我深以为憾，因为这条线路是我选的，让同行人吃苦流汗，于心不忍。可是，风景从来是一种经验消费品，没有亲身体验，谁也无法预知未来的景色如何，尤其是在“广告制胜”的时代，经过“效果图”的大力渲染，一处其貌不扬的风景就像出水芙蓉一样，出落得楚楚动人了——金海湖就是如此。

不过，京东大峡谷的美景完全抵消了金海湖的单调乏味。如果说“好的开始是成功的一半”，那么，“好的结尾就是成功的全部”。有一点名不副实的是，“京东大峡谷”要是把那个“大”字去了，就算是圆满了。

沿峡谷而上，有五个潭，各有名称，也各有来历，或浅可见底，或深不可测，或游鱼可数，或微波盛开，经由溪流的串联，构成峡谷内曲折错落的五处水景。山，有水而灵；谷，因曲而幽。自下而上的道路，始终沿着溪流、傍着山脚而行，两面的悬崖不过百尺，可是，两山的间距实在是太小了，阳光照不到的岩缝、石阶、栏杆和扶手上，都长满了青苔，滴答着清水。

从金海湖毫无遮拦、干燥的大坝走进这清幽的山谷，顿时就改变了我们对“世界蛮荒”的看法。此时，还是没有什么风，可是满目苍绿，青岩壁立，精神为之一爽。有时，我们看得见流水青波，过一会儿，溪水被浓密的水草遮住了，只能听见潺潺的水声在山谷回响。曲折的山路，常被溪水所阻断，此时，就会出现一座石头砌成的小桥。或者，山路不得不给涨满峡谷的潭水让路。栈道嵌在悬崖上，游客只能侧身而过，所谓如履危崖，如临深渊大概如此吧。不过，也有有惊无险的索道。一条约 30 多米的钢架的铁索桥，纵向越过一潭清水，脚下是颤悠悠的钢板，扶手是环环相扣的铁链，游客们在上面玩命折腾，唯恐铁链不断。

走过这一铁索桥，即到峡谷的尽头——眼前是一条银色的瀑布，从 30 多米高的悬崖上直泻而下，水声滔滔，远播山谷。山之伟岸，水之飘逸，恰是如此。悬崖下面，是最后一个潭，名字叫“响潭”，因水声轰鸣而得。这是一个袖珍的水潭，约有 100 多平方米，高山环抱、飞流倾泻之下，更显局促。水面上，有一些营业的橡皮艇，游客们可以乘橡皮艇在水中游戏，但不可靠近瀑布。遥想，东坡先生作《赤壁赋》，大约也得此佳境。不过，这里的景象终究是“小桥流水”一派的，造化的意图是向人类炫耀：它不单单有开天辟地的大手笔，也有“描眉画眼”的细腻笔法。自然，就是自然。

百泉山

百泉山下有一条百泉河，名字虽叫百泉河，可水流并不都来自百泉山，

而是从更远、更高的山汇聚而来的。河上有两座桥，一座是水泥桥，供常人行走；另一座是悬索桥，两边是铁链，上面是木板，供游人练习心跳。水流平缓，清可见底，水中一块巨石，像一只小船静静地停泊，石上，野草两簇，傍水而立，有出世的感觉。

我们一行四人，过桥，沿着百泉山山谷的左侧山道，向百泉山深处进发。这是一个新开发的旅游区，山道不是人工修建的，而是“走的人多了”，逐渐被踩出来的。山路狭窄、崎岖，顺山势而上下曲折。翻过一个半山，看见第一个景点“飞来石”，下面悬空，上身挺立，孤零零的一块巨石。向下望去，有两处湖水，都是筑坝蓄水形成的人工湖。一处状如飘带，狭长幽静，这是下湖。两山对立，湖面的一大半掩藏在半山的阴影里，有淡淡的凉意。另一处沐浴着秋天暖融融的阳光，水平如镜，是一个比较规则的三角形，这是上湖。两湖相叠，落差约在20米，上湖的水从一个宽不到两米的出水口直接倾泻到下湖，形成清流之下的飞瀑。上湖的水与堤坝水平，伸手可及，而水深不可测。两湖都不大，一望而尽收在眼。

由上湖而上，山路沿着溪水在山谷中穿行。路上，游人三三两两，正像战败的散兵。脚下的小路，有时是巨大的山石，有时是细碎的沙子；杂树和枯草在道路两侧，形成一个狭窄的人行道。巨石散布在溪流之上，水流在乱石堆中寻找着下行的出路，或翻过石头，或越过缝隙，或绕过岩石，或穿过在石缝间生长的水草。水声涓涓，淹没在游人的脚步声和喧哗声之中。山谷里融进了温和的阳光、绿色的树叶、枯黄的野草、清风和不同树木混合的气味，正是北京郊区的秋色。

在一处潭水边，我们略作休息。溪水在两块巨大的岩石之间，顺势而下。巨石之下，即临浅潭，潭水不深，不过齐腰。水面也不大，长不过20米，最宽处不过5米，形状像一个葫芦的截面。水面上散落着几片树叶，在水流和清风的双重作用下，漂流、旋转、滑行、轻移，清晰的影子照在水底，也做着相同的动作，优雅而曼妙。潭水末尾水浅处，生长着一丛丛茂密的野生芦苇。芦花开了，芦穗呈水洗之后的土色，自然雅致，随风摇摆；芦苇上半边的叶子已经黄了，下边还是绿色。水在芦苇之下流过，风在芦苇之上吹拂，水声潺潺入耳，芦叶沙沙渐远，虽不是万顷景色，却也小有情调。

一只红蜻蜓落在我身边的石头上，我动了歹念，想把它抓住。可是，空手抓蜻蜓，大概只是武功了得之人所为，非一般人所能。我慢慢靠近，然后，快下毒手，不料蜻蜓飞走了。我以为这就完了，不曾想，这只幼稚的红蜻蜓在潭水上绕了半圈，又停留在原处，而且对我全无防备。这一次，我下手更快，蜻蜓居然被我空手逮住了。我暗想，这里游人少，小蜻蜓没见过什么人面，不知道人心如此险恶，白白送了性命。

四人继续向前，同行的杨海波在一个小水洼里抓到了一条小鱼，不足2厘米长，她高兴得叫起来，就像抓到了大鲸鱼一样。大家停下来，我也开始逮鱼。可是，我肚子太大，踩在石头上弯不下腰，手下不到水里。于是，我干脆脱了鞋，赤脚下水。这里的鱼和蜻蜓一样，也不知道人是吃鱼的，脚下到水里，鱼纷纷围上来，用小嘴啄食起来。小鱼非常小，像小精灵一样，在水里忽来忽去，忽上忽下，速度之快让人目不暇接。小鱼以微生物为食，这些微生物附着在水中的石头上。石头上的斑斑点点，就是小鱼的食物源。

这么小的鱼，随便一个缝隙就溜走了，加上闪电一样的速度，更让人看得见摸不着。我对抓到小鱼几乎没有什么信心，在水里泡了半小时，一无所获。就在我准备放弃的时候，一条小鱼进入了我的包围圈。我双手一捂，快速离开水面，小鱼仍在，扑扑地碰着我的手心。嘿，抓住了。有了这么一个开始，信心倍增，也有了抓鱼的心得和技巧。鱼群失去了一个小伙伴，也变得警觉起来，在水里不断变换方向，左右飞驰，如水底生风，偶尔会撞在我的“毒手”上，鱼的小嘴轻触的一瞬间，就像少女的初吻一样短暂、清晰、历历在心。之后，又有收获，共抓到了3条小鱼和两只小虾，其中一条鱼算得上是“巨无霸”了。

花了太多的时间逮鱼，行程就仓促了。逆溪流而上，看见一座悬索桥，询问从山里下来的人，说我们只走了一半，本来还想爬到山顶，经人这么一说，都泄气了，原地休息。再起身进山的时候，只有我一个人尚有余力，另外三个人都懒洋洋地坐在光秃秃的石头上，一动不动。

我一个人再往前，随后的路程就成了扫描，脚下生风，匆匆向前。前边的游人一个一个被我超过，景色随山就谷，处处不同。过青妹潭，看甜泉汩汩流出，知鱼潭、乐鱼潭两潭相接，都是一个人独坐听风赏鱼的好地方，虽然水面一样的狭小，鱼一样的寥寥数尾，也没热带鱼的姹紫嫣红，却不失水映青石、鱼翔浅底的幽静。甜泉之上，有一片树林，在起伏的山谷里漫布。这些树都不高，一簇一簇的，每一簇少则七八枝，多则二十余枝，每一枝或直、或斜、或紧密、或疏朗、或独立、或与另一枝互相缠绕，只看一簇没什么特别的，可是一簇簇的树枝密布在山谷之中，就有了一定的节律，自然有序，巍巍壮观，山风吹过，如森森的仪仗队浩然而不可犯。

在一个岔路口，我选择了向左，这里的道路是刚修的，新铺的巨石留着崩裂的痕迹。爬过一个慢坡，望见崖壁上飞瀑高悬，水声朗朗，在山谷回荡。悬崖壁立，清流如带，在风中摇摇摆摆，断断续续。看旅游指南，知道名叫“飞云瀑”。现在，过了雨季，水流不大，纤细如丝，缥缈若云，更加名副其实了——瀑布像云一样飘逸，像云一样自天而降。

瀑布之水天上来，百泉山之行，也到此为止。

百泉山记录：

风静晴空远，
叶稀幽谷深，
浅潭映芦花，
半绿半枯黄。

小路绕清溪，
寂寂三人行，

人生有知己，

何处不得意。

2006 年 10 月 5 日

备注：我们抓到的小鱼，在返回的半路上就全死了。再者，这一天是 2006 年 10 月 4 日，晚上回到北京，看新闻，知道北京当天下午的气温是 30.4 摄氏度，是自 1951 年以来同期温度最高的一天。

中央美术学院

我习惯在每个周末到中央美术学院，最初的目的很简单：打篮球。原因也简单到不言自明——为了省钱。我居住的小区附近的小学，虽然有场地，可是每次要 5 元钱，而美术学院是免费的。去得多了，经验越来越丰富，环境越来越熟悉，打篮球就不再是唯一的内容，也看到了一所大学的风景。

美术学院是一所真正的大学，可是它并不大，就校园面积来说，只能算是一个巨大的花盆，一望而在眼中。它是开放的，不封闭、不狭隘。和艺术无关的人进进出出，也没有任何人出于安全的考虑严加盘问。大学，除去和社会保持一定的距离以外，也应该有“胸怀天下”的心态，至少不应该拒人于大门之外。我因此对美术学院心生好感，因为，据说北大也是对外收费的。

篮球是沉默者之间的游戏，也是季节性和年轻人之间的运动。周末的午后，很多年轻人聚集到这里。夏天，直到四五点钟才会有人陆续向这里汇集，三三两两；可要是在深秋或者初冬，才过中午，就有人占据了各个场地。他们有的是学生，有的是住在附近的居民，这些人大多互不相识。可是，只要聚齐了 6 个或者 8 个人，就分为两队，开始对打。有时，人数太多，就分成三到四个小组，胜者为王，继续坐庄，负者下场，坐在边上当观众。

赛场上充满了激烈拼搏的气氛，因为不是正式的比赛，重在参与。一些人身手不凡，另一些人只是篮球爱好者。这大致可以从每个人的装扮上看得出来，“业余”选手，装备也比较业余，背心短裤都不讲究什么来历；“职业”选手，则脚踏名牌，衣长过膝，背后是他所崇拜的NBA（美国男子职业篮球联赛）球星的号码。有一个外号叫“马头”的年轻人，他两边的头发剃得干干净净，和“大清朝”的光头一样，青光可鉴，中间一绺头发直立，背后拖着长长的辫子，可谓“中西合璧，古今一体”。这是我在美术学院所看到的最直接的艺术，而且是人体艺术，而他在球场上的凌厉身手，则属于更前卫的行为艺术了。

也有“外强中干”的角色。有一次，来了两个人高马大、“装备精良”的人，和我以及我的同学分在一组。我们本指望“狐假虎威”，和他们在一起能战无不胜，想不到这两个是“中看不中用”的主儿。他们每一次拿球，都讲解一下“战术安排”，让我和我的同学拉开或者掩护，他们单打。可是他们两个，突破不了三秒区，投篮又漫无边际，好像漫射一样，也没有“顽强抗战、坚持到底”的决心和耐心，几个回合下来，就没了脾气，卷起衣服“仓皇而去”，和战败的逃兵一样，完全没有战士的勇气。

坐在场边的时候，有另一种感觉。半空中总有星星点点的风筝，随风不去；夏日午后炽热的阳光、汗水、青春洋溢的赛场；暖意残存的深秋，凉风、喧哗和吵闹；斜阳下的阴影笼罩着疲惫不堪的身体。足球场上，常有比较正规的比赛，人在球场上飞来飞去，忽散忽聚。偶尔会有尖利的叫声，这是进球的一瞬间，此时总会下意识地想看“慢镜头”，可时间的流逝总是无奈，只有风景的片段在记忆里留存。

图书馆——这是一座三层建筑，西表中里，外墙由灰砖砌成，虽没有张扬的气势，却有细密的节奏。馆内，是一个中国式庭院，紫竹数丛，绿草盈地，阳光透过黑色铝合金镶嵌的玻璃窗映照着门厅，光亮如雾色一样温馨弥漫。大厅四周散放着几张小桌，看似无意，却是有心。男女若干，有的在看大片，有的在网上浏览，有的对窗沉思，有的掩卷而眠，寂寂无声，能听见脚步声，思想者的脚步声。

小书店——不忙的时候，到这里。抱一本书，陷在柔软的沙发里，忘记了时间之流失，也不知道自己是在地下还是在人间——因为，书店是半地下的。

露天剧场——大多数时候，这里只有清风驻足流连。半月形的剧场，像一朵雕塑的花朵，盛开了一半。月光来临的夜晚，星光暗淡，在水一样冰凉的台阶上，坐着一对热恋中的男女，他们在用心倾听，听树叶沙沙送来少女弹奏的琴声，绵绵不绝，似水流年。

雕塑——在有眼力的人看来，艺术无处不在；而对一般人来说，现代雕塑就是初级工匠“一失手成千古恨”的半成品，也有人称之为“创造性破坏”。只要明确了远大的目标，所有的不择手段都具备了高尚的意义，雕塑也不例外。我见过一个高速车床切削金属留下的蓝色钢丝纠结而成的长方体，立在行政楼后面的水池边，好像一块有棱有角、上好的方钢被腐蚀得褴褛不堪，可质感尚在，坚韧而冷峻，坚强不屈的钢铁线条试图突破长方体而未遂，有一种重压之下的忍耐、爆发之前的沉默和英雄落寞的沉重之感。在中式景观里，这里本来是柳树的位置，可是取而代之的是工业时代的骷髅，那种冷酷、杂乱和毫无逻辑或许寓意着作者对农耕时代的追忆和过度工业化的反思。

爆米花——显然，这不是一处风景，不过我却常想起它。美术学院北门口，有一个卖爆米花的，要是你累了，走在初冬的寒风里，爆米花的香甜会让你忍不住大口吸气，而你的口袋里恰好有两元钱，那感觉胜似初恋；可要是摸遍了口袋，你也找不到一分钱，那么，准会看见捧着爆米花的一对恋人慢慢消失在暮色之中，头也不回。

中心草地——走在草地上，有一种走上红地毯的快感，也有一种不可回避的罪恶感，毕竟草弱人多，经不起踩踏。草地最高处有一座铜质雕塑，什么动物说不清楚，大概是传说中的神灵，可太古老了，除去专家，常人是分辨不出来的，也包括我。草地四周，散落着几块石头，好像是陨石坠落，一块特别巨大，横卧在地。没有长成的银杏树和老迈的法国梧桐，在初秋的冷风里，各有色彩。银杏亮黄，熠熠生辉；梧桐焦枯，像一片片线装图书破碎的书页。满地落叶，散布在绿色的草地上，仿佛金色的秋天装饰着常青的夏天，季节颠倒而众生迷醉。

黄昏已近，人们一一散去，球场上空空荡荡，所有的风景都消失在黑夜里。黑夜是风景的终结者，也许，它只是风景的收藏者。

2006 年 11 月 26 日

北京小吃

老张家饺子

我是一个常有饥饿感的人，这种状态要是用于研究学问，就是“如饥似渴”。可要是以这种态度对待自己的胃口，就不好意思说出来了。不过，既然中国人见面就问吃了吗，我也就不必太害羞。再说，我的胃口也不算太大，看见装修得十分豪华、光鲜的酒店，就尽量绕行。不是我没有欲望，实在是口袋里的钱不够。我说的饺子、爆肚和一品羊肉汤就是三家小店，你若只是自己吃饭，不是职务消费或者花别人的钱的话，可以去尝尝。

三家小店的分布呈“L”型。老张家饺子铺在顶点，一品羊肉汤居中，另一家爆肚店在“L”的右下角。三店两线，在高家园路口交会，南北方向的马路叫将台路，东西向的叫芳园路。

饺子铺不是我发现的，是我的中学同学李友申领我去的。丽都饭店对面有一个居民区，大门口有一个生锈的大铁门。这个门不是正门，常年锁着，有一个小门供行人出入。进门，在一条算是宽阔的小区马路的左手，就是老张家饺子。这是一个典型的家庭式饭店，前面是店铺，后面住人，外墙古拙，砌着青灰色的大理石。石墙上，有两个窗户，像两个黑洞洞的大眼睛。屋内是改造过的，也就是两间房子大小，面积不超过 20 平方米，放着五六张方桌。

来这里的，大多是常客，也都是饺子爱好者。因为紧邻丽都饭店，得地利之便，店主人也想吸引外国旅客，就在并不宽敞的空间里，专门搭了一个小吧台，倒挂着几个酒瓶子。不过，我去过的几次，从来没有遇到外国人，估计“国际贸易”开展得并不顺利，这个小吧台也就成了不伦不类的奢侈品。但是，老张家的饺子还是很好吃的，口味应有尽有，素三鲜、猪肉配菜、牛肉配菜是主打品种。我最喜欢的是素三鲜、猪肉西葫芦和羊肉胡萝卜饺子——素三鲜清淡，猪肉西葫芦清香，而羊肉胡萝卜有一种浓厚的醇香，吃一口，满嘴生香，回味不尽。

“饺子就酒，越吃越有”，在这里，三五盘饺子、四五瓶啤酒、三四个臭味相投的朋友，围着一张窄小且并不结实的桌子，说说“心若在，梦就在……看成败，人生豪迈，一切不过是从头再来”，也很爽。有一回，吃到一半，下起了大雨。店老板担心雨水淋湿了窗户，急忙关窗。一起吃饭的同学却来了“诗情画意”，一定要店老板开着窗，临窗看雨，畅饮高谈，喧嚣之声不比雷雨声小。就这么，还不过瘾，最后直接把桌子搬到雨里，上面撑着一个大阳伞，三个人躲在伞下，噼里啪啦的大雨点打在树上，淋在伞上，哗哗地汇成一条一条的雨线挂在伞周围，就像水帘一样包围着我们。酒酣雨激，夜深人醉，雨夜中的三个人好像处在世界的边缘一样。

爆　肚

爆肚是北京的传统小吃，有一家很有名的老字号叫“爆肚冯”，以前在前门附近，后来因为拆迁，就和北京的其他老字号如小肠陈、茶汤李等聚在一起，在什刹海边上开了一个“九门小吃”。在前门的时候，我没去过。搬到什刹海之后，我去了一次，味道一般。老字号成气候，多数是因为皇帝或王公大臣看上了，现在，皇帝已经成了历史，老字号也都气息奄奄，光景不佳。我着力推荐这一家爆肚，除了想和读者分享好东西以外，另外一个私心是，也许有一天，这家小店会很荣耀地说：刘某人曾经在这里饱餐过。

小店临街，门面没什么特别的，只有两个大大的红字“爆肚”挂在门口，让人老远就能看见，也包括眼神不好的“知识分子”。店里的布置更简单，操作间是临时改的，占了一角，余下的空间像一把菜刀。长条桌靠墙，每个桌子能容 4 个人。爆肚是统称，它分羊爆肚和牛爆肚。墙上有一幅画，画的是“爆肚”的原料都在牛、羊的哪一个部位，包括羊肚、牛肚、肚领以及肚仁，显示了中国饮食的专业化水准。客人要是有心，在这里不仅能满足口腹之欲，也能增长知识。只是我这个人好学而不长进，每一次吃饭，都“按图点菜”，也希望自己能“学有所成”，可每次过后，图解知识在大脑中的保存期远没有食物在肠胃里留存的时间长。

爆肚的吃法是把牛肚、羊肚、肚领、肚仁在开水里烫熟，然后蘸作料，作料以麻酱为主，外加各种店家的“独门配料”，和涮羊肉没什么两样。差别在于涮羊肉是自主的，而爆肚是店老板涮好了再端上来。因为，爆肚的一个“高技术”活儿是掌握爆肚的下水时间，短了，不熟；时间长了，又老了，像鞣过的牛羊皮一样。喜欢吃爆肚的人，要的就是“筋斗”的口感，要是不熟，则膻气太重；要是太老，则咬不动，没办法吃了。

这家小店的秘诀就在于此。他们的爆肚，不管是牛肚还是羊肚，也不管是哪一个部位的，总是恰到好处，耐嚼，但不像“口香糖”怎么也嚼不烂，也就是“稍作抵抗”，测试一下你“必吃”的决心，马上就“宁为牙碎”了。据我的经验，最好吃的当数肚仁——肚仁是羊胃上的一层薄膜，就像陕北农民围在头上的白毛巾。一盘处理好的羊肚仁，雪白纯净，品相极佳，口感也是上乘。其次，是肚领，外脆里嫩，一口下去，能感觉到嫩嫩的肉质在嘴里洋溢。

不过，有一点需要提醒，爆肚虽然是牛羊“下水”，可都是实打实的“硬通货”，要是吃得太快、太多，就会嘴上过瘾胃里难受，这也是经验之谈——有一次带我女儿去，要了四盘爆肚，因为去得晚了，没有肚仁。大概是饿了，风卷残云一般扫荡光了，意犹未尽，又要了两碗羊杂汤，两个麻酱烧饼，也都消灭了。女儿比我吃得都多，直说好吃。可是，只此一次，以后再叫她去，她死活不肯，估计是那一次吃过了。尤其是小孩子，不知饥饱，好吃的难免吃多了，反倒是麻烦。

一品羊肉汤

第三家是一品羊肉汤，它在将台路与芳园街的交叉口上，位置得天独厚，“金角银边草肚皮”，是一个非常吸引顾客眼睛的地段。不过，发现它，是在最后。前两个小店都是李友申引见，这一个是个人的独立发现，所以，本文特意把它放在末尾，隆重之意，自不必言。

如果说前两家小店依然保持着旧中国的传统，顶多有社会主义初级阶段的影子的话，那么，一品羊肉汤店就有改革开放的气象了。大门轩敞明亮，店内的布置好像白领们工作的写字间，一个方格一个方格的，方格之间有固定的隔板分割，和肯德基、麦当劳类似，只是学艺未精，店堂的颜色搭配没有形成自己的风格，就像是一个初学打扮的女孩，一看就知道是用过心的，可终究火候不到，不能让人一见不忘。

这里的规模也大多了，员工分工明确，有收银员、服务员和大厨，这可以从他们的衣着上分辨出来，不像前两家店，依然是家庭式作坊。“镇店之宝”是一只敞口铸铁大锅，锅里永远冒着热腾腾的水汽，飘着经久不息的羊肉香味。生意人讲究红红火火，火一直烧着、汤一直沸腾着，“一半是火焰，一半是肉汤”，预示着店铺的买卖像火焰一样旺盛，和水汽一样“蒸蒸日上”。出于招徕顾客的考虑，这口锅紧靠着宽大的玻璃窗，你要是从人行道上走过或者坐在公交车上，一眼就能瞥见这里的“翻江倒海”，由不得你不来小吃而大饱一顿。

这里的看家“菜”自然是一品羊肉汤。老大一个瓷碗，只是大，品质没什么讲究。反正大多数顾客，都是刚刚过了温饱，还没有像“全面小康”一样挑三拣四。肉有两种，一是羊杂的，二是纯羊肉的。比较标准的吃法是，一碗羊汤，外加一个烧饼。也有羊身上的系列食品，如白水羊蹄、白水羊脸以及羊眼睛和羊脑等。小时候曾经当过羊“刽子手”的“帮凶”，就是杀羊的时候，把羊仰面放倒在四脚矮桌上——这种桌子通常是农民吃饭的桌子——主刀为首，四个小孩分别抓住一个羊蹄子，把羊皮拉紧了，“刽子手”剥皮才比较容易。这些孩子抓羊腿之所得，或许是一只“美丽的羊眼睛”。据说，吃什么补什么，这是国人最简单直接的想法，可我的眼睛既没有因此而变得更有神，也没有成了“火眼金睛”，看来，不是我没有补上，而是那些话没什么效果。

每一个小桌上都有各式调料，必不可少的是醋、香菜、油泼辣椒和葱白切成的碎末。虽是一品羊肉汤，可是第一碗汤的味道却不能尽兴。因为，尽管羊汤是100摄氏度，在大锅里翻腾不止，可羊肉切块、码盘放在一边，早已是凉的。顾客点了羊肉汤，大厨就把羊肉直接放在碗里，再加汤，汤的温度自然就低了，不够热乎。好在只要你要了一碗羊肉汤，就能享受“可持续发展”，再加是免费的，如果你愿意，可以到永远，只要店铺不关门。所以，羊肉汤要“二品”，等你第一碗吃干喝净，就再要半碗羊肉汤——碗是很大的，再要半碗就够了——加上作料，葱白菜绿辣椒红，热气腾腾、香气冉冉的半碗羊肉汤，好不诱人啊！此时，如果看见外面雪花飘飘、路人行色匆匆，而你能有如此闲情逸致，岂不是小吃而大快，欢乐肆意了吗？

雪是最好的下酒菜，犹如秀色佐餐。之所以爱北京，就是因为北京荟萃了天下美食、天下美色。

2006年11月5日17：00

忧郁的城市

人是环境的产物，人的情绪也是。如果说风花雪月总是和浪漫的故事有关，那么，一个面目不清、黑乎乎的城市就会让人有一种缠绵不去的忧郁，这就是太原。把我的犹豫、多虑完全归咎于这座黄土高原上的古城，显然是言重了。可是，太原给我的第一印象是：它笼罩在一种滞浊的空气中，阴沉沉的，好像一个人思虑过度的面容——不苟言笑，严肃而沉重。

太原是一座有历史而无“记忆”的城市。所谓“记忆”，就是祖先建造并留下来的各式建筑，通过这些建筑我们大体可以了解先人们的衣食住行和经济的繁荣程度。遗憾的是，中国建筑是土木结构的，根本经不起时间的检验。偶有风吹雨打，就灰飞烟灭了。再加上1949年之后的大规模拆建，早已古风不存。这并不是太原一个城市的特殊问题，中国所有的古城都已经“焕然一新”了。

太原火车站是北京火车站的翻版，只是规格较小，气势自然减弱了不少。车站之前，是宽阔、笔直却并不平坦的迎泽大街。天气晴朗的时候，在站前广场能望穿太原，看到最西边绵延起伏的西山。可是，这种好天气是很少很少的。太多太多的日子里，太原是一座名副其实的“雾都”，而我初到太原的感觉无异于“雾都孤儿”，那一年，是1985年。

迎泽大街横贯东西，将整个太原城一分为二，其北，是旧城；之南，是新城区。沿着迎泽大街自东向西，第一个景点是“五一广场”。“五一广场”没什么特别之处，有花池、绿地，也有喷泉和雕塑。原来的雕塑是牧童吹笛，取自杜牧的诗句，可实际上，杏花村还远着呢，在太原以西200多千米的汾阳县境内。大概是觉得这个雕塑离题太远了，后来就重做了一个，什么主题，也没人在意了。广场中间，有一棵枝繁叶茂的槐树，只有一棵，孤立着，这种场景让我想起干旱的非洲草原上奄奄一息的老树。

迎泽大街就是太原的长安街，道路两边矗立着这个城市最为显要的建筑。越来越高的各式建筑矗立在街道两旁，注视着街道上川流不息的车辆和行人，欣赏着变幻无常的人间戏剧，就像夹道欢迎超级明星的群众队列一样，总有一些建筑从整齐划一的队列里探出头来，挤到前排，使得统一的建筑风格变得支离破碎，也使得有秩序的街道变得杂乱无章。这就是建筑物上的附属建筑，它们像人体上难以遏制的毒瘤，破坏了迎泽大街的从容和大气。闹中取静、不与“人”争的是位于迎泽大街中心的迎泽公园。

太原是一个干旱的内陆城市，雨水多集中在七八月，可1985年是一个例外。秋天的雨水，淅淅沥沥，连绵不断。记忆中，整个九月都在下雨，天色朦胧，细雨如丝，空气中弥漫着湿润的伤感和淡淡的忧愁。在这样忧郁的环境中，要是再遇到若干没什么事干的年轻人，本来轻描淡写的烦恼就越发沉重了。秋雨落9月，独自莫空闲，可我们几个毕业于外省院校的人偏偏无所事事，迎泽公园就成了我们游荡的目的地之一。

一行四人，一个来自兰州大学，学物理的，另一个来自武汉测绘学院，再一个想不起来了，加上我。这四个人，都是“外来的和尚”。公园里，游人稀少，秋雨不紧不慢地落在平静的湖面上，水晕连绵，合成一幅漫不经心的水色画面。水面上的雾气若有若无，看不到对岸，湖中心的小岛笼罩着孤寂的气息，和我们的心情不分彼此。站在一座湖泥堆成的半山上俯瞰整个公园，这里像墓园一样安详，像死亡一样沉寂，落在水面上的雨声，像幽灵之间的低语。我们并不是为了国家和民族的前途而忧虑，而是因为年少不能承受没有目标的迷惑。

兰州大学那一位，说了一个韩复榘的笑话。韩复榘是冯玉祥的部下，大老粗，可是无知而无畏，打仗特别勇敢，后来做了山东省主席。有一次，他到了泰山顶上，诗兴大发，就写了一首：远看泰山黑乎乎，上面细来下面粗，有朝一日翻过来，下面细来上面粗。都是大实话，气魄不凡，愚公不过移山，韩复榘却要把山翻过来，这种远大的“革命理想”只有“文化大革命”期间的疯狂可以与之相比。我们都笑了，很短暂的笑，像闪电一样，转眼就被无边的阴雨吞没了。

迎泽大街再向西，会遇到太原的母亲河——汾河。汾河由北而南，纵贯太原，与迎泽大街在汾河大桥上交汇，形成驾驭太原城市结构的“金色十字架”。河东，是太原的根据地；河西，地处偏僻，就和开发之前的浦东一样被冷落。历史上的汾河曾经是“你看那汾河的水呀，哗啦啦地流过我的小村旁”——这大概是汾河上游的情况，到了中下游，百溪归一，应该形成不可阻挡的大江大河之势。

流经太原的汾河，已经走出了其发源的高山峻岭，到达了中游平坦舒缓的冲积平原。流速缓慢的汾河顿失滔滔，在泥沙漫底、杂草丛生的河床上，婉转地寻找自己的出路，在一望无际的河道里，划出一条条淡淡的S形曲线，随着夕阳，一起沉入更远的天边。它是混浊的，也是低沉的；它是缓慢的，也是有力的；它被所有的人遗忘了，包括被它浇灌的土地和它所滋养的人民。长年累月冲刷所形成的河道像缥缈的云河，“云河”里裸露着淤积的泥沙、横七竖八的杂木和成堆成堆的垃圾，混乱并肮脏不堪。

除去雨季少有的几天，我从来没有看到汾河的水是流动的，我以为它死了，凝固了，搁浅在层层的黄土和泥沙里，再也走不动了。

现在去太原的人，一定认为我在胡说八道。因为他们所看到的汾河，不仅没有死去，反倒生机盎然，像长江一样河面宽阔，水势汹汹，清流微波，景象万千。这种变化发生在1998年。

从1998年到2000年，太原花了两年时间，投资5.6亿元，在汾河建立了一个全长6千米的带状公园。原有的河道分成3部分，东侧清水渠宽220米，由四道橡胶坝分为三级蓄水湖面。西侧浑水渠宽80米，用来排泄上游洪水和水库灌溉输水——这一河道大多数时候是干枯的。清水渠和浑水渠之间以水泥墙分开，城市污水通过地下涵洞排出。东西两岸是绿化带，宽约500米，绿化带上种植了很多观赏树木，并建设了很多娱乐和休闲设施。

对太原这么一个长期处于干涸状态的城市来说，汾河带状公园无疑可解一时之渴，实际的效果也的确如此。汾河公园建立之后，游客纷至。夏天，这里更成了市民纳凉休闲的好去处，青年男女也有了幽会私语之地。沿河的房地产价格暴涨，更多的新建筑拔地而起。放眼望去，绿地如茵，波光粼粼，高楼耸立，华灯绚丽。政府、群众皆大欢喜，谱写了一次“普天同庆”的主旋律。

其实，这只是一个已经死亡的河流标本，全长只有6千米，没有源头，也没有下游，真是“汾河之水天上来”。林肯说：你可以在某一时刻欺骗某些人，却不能在所有时间欺骗所有人。借用这句话来说，即我们可以在某一段时间、某一空间再造汾河，而真正的汾河却再也无法复原了，后人只能从这段标本追忆汾河的历史。而更为悲惨和可能的后果是，后来者也许会认为那就是真正的河流，那样的尴尬离我们越来越近。太原如此，中国的其他城市莫不如此。河流是城市的血液，当穿越城市的河流干涸了、死亡了，城市的生命也将枯槁并随风而逝，像一具再也没有生命迹象的“木乃伊”。

晋祠在太原以南20余千米之外的汾河西岸，背靠悬瓮山，坐西朝东，是去往山西西部以及杏花村的必经之地。1935年著名建筑学家梁思成就是在前往汾阳途中，被晋祠的“背影”所吸引的。晋祠自古便是三晋名胜，其确证的历史有1000余年，如果计算神话和传说，年代当在3000年以上。这并不是空穴来风，园内有唐槐（此“唐”并不是指李世民父子建立的李唐王朝，而是唐尧禹舜的“唐”）、周柏为证。两棵古树，枝干奇伟，斜出横卧，苍老乌黑的主干像蛟龙一样卷曲着盘旋向上，铮铮不屈。老树上已经没有树叶了，只有光秃秃的树干和稀疏的树枝，映照在空旷的半空中。

梁思成先生最关心的是圣母殿和“鱼沼飞梁”。圣母殿是晋祠最大的古建筑，经梁先生考证，是宋朝天圣年间真品，而非明清两代仿制。木构大殿能保存这么久远、这么完整，自然是价值连城。不过，木构建筑终究是不耐久的，我看到它的时候，它已经老态尽现，摇摇欲坠了，游人只能在大殿之外瞻仰其沧桑，而不能到殿内看个究竟。“鱼沼飞梁”是硕果仅存，全国只有这么一例。文献中早有记载，可从来没见过真迹，人们原以为绝迹了，直到晋祠重现。不说不知道，说说也没什么奥妙。“鱼沼飞梁”其实就是一个飞架在长方形水塘之上的十字形石桥。古朴的石桥，将池塘分割成四个相互连通的水面，人在桥上走，鱼在水中游，东西南北，水上人间，很有庄子所谓的“知鱼之乐”，这种乐趣对古人来说，算是享受，而在今天看来，不过尔尔。

我最关心的是晋祠的水景。晋祠有一眼泉，号称天下第三，名叫“难老泉”。泉上置四角凉亭，小巧玲珑，可在我看来，体量太小了，飞檐的曲线没有伸展开，给人很憋屈的感觉。凉亭一侧的高台下，是一个拱券门和老龙头，泉水从龙王嘴里汩汩流出，汇入环绕晋祠的深渠中。渠深三四米，水深及膝，青草历历，水波依依，卵石散布，鱼翔浅底。我第一次去的时候，正是初冬，树木萧瑟，落叶将尽，园子里充满了安静的气氛和冬日午后的温暖，一切都是那么肃静几近沉寂，只有这个水渠，水声潺潺，清流不息，和穿越半空的嗖嗖冷风汇成一支令人忧郁的曲子，经久不去。

但，我是爱晋祠的，当然，我不喜欢这座城市，一座忧郁的城市。

2006 年 12 月 3 日

2006年的最后一场雪

“总是要等到睡觉前，才知道功课只做了一点点”；总是要等到年底写总结的时候，才发现反映工作业绩的表格都空空如也。雪，2006年冬天的第一场雪，也是最后一场雪，是最好的年度总结。它，填补了冬天的空白，本来四周空荡荡的，树叶失落，而纷飞的雪花弥漫了天空，虽然全不经意，却让一个本来乏味的冬季成就了一年之中最圆满的结局。

早晨起得晚，窗外早已白茫茫一片。其实，前一天看了天气预报，说第二天有小雪。可是，我不信。一是全球气候变暖以来，北京很少下雪；二是气象预报也经常“谎报军情”。所以，我很“小心眼”地认为，雪大概会有的，不过基本可以忽略不计。这么一场让人兴奋的大雪确实出乎意料，就像天上掉汉堡包，而且是麦当劳的“巨无霸”汉堡。

最开心的是，今天不上班。一个人到楼下，被纷飞的雪花包围着。天空阴暗，给人一种将大雪进行到底的信心，但也许是空气中污染物难以扩散造成的。不过，这时候雪花飞舞的快乐给人积极向上的鼓舞，我坚信：灰蒙蒙的天预示着更丰厚的雪会源源不断地落下来。

道路上的雪，已经被行人的脚步和汽车的轮胎碾轧得纷乱狼藉，只有停靠在路边的汽车顶上，厚厚的积雪还完好地保留着，让人想起北极熊雪白的绒毛，亲切而温暖；楼前有一大片空地，往日杂草丛生，现在则呈现出北国雪原的安静和苍茫，偶然有几丛孤零零的野草，独立在雪地之中。

小区的清洁工正在往雪地里撒融雪剂，也可能是食盐——因为我分不出来，看上去都是灰白色的粉末。她们每人手里拿着一个塑料盆，边走边撒。这种景象，和在庄稼地里施化肥一模一样，一扬手，融雪剂在空中划出一个抛物线，落在雪地上的形状，就像世界地图上的列岛一样密布着。她们都是小姑娘，身材也很娇小，有的人没有戴手套，手冻得红红的。只有我一个闲人，站在一边。

罗丹说：缺少的不是风景，而是发现风景的眼睛。在我看来，缺少的也不是眼睛，而是欣赏风景的心情。比如，那些撒融雪剂的女孩，她们大概不会为雪花而欢欣鼓舞，只有那些童心盛开的孩子和我这种“无所事事”的人，才会注意到2006年的最后一场雪，是那么令人心花怒放。

尽管如此，我还是要说，没有雪的冬天是不能容忍的，就像一个没有爱的女人一样，破败而枯萎；而一个银装素裹的冬季，就像一个楚楚动人的女人被全世界最厚重的爱包围着、温暖着，永不消融。

2006年12月31日

北京春天的感觉

我对季节没有特别的偏好，春夏秋冬，一视同仁。多数人对春天比较有好感，“冬天来了，春天还会远吗?”这句话最能反映人们对春天的期待。一年之中，冬天在前，中国北方的大部分地区，最冷的时候是在一二月，即春节前后。可排序的时候，春天占了先，足见人们对春天之喜爱。

至少，在我小时候，冬天是有乐趣的。赶不上“千山鸟飞绝，万径人踪灭。孤舟蓑笠翁，独钓寒江雪”的意境深远，但也有“千里冰封，万里雪飘”的壮美。这时，躲在积雪覆盖的小屋里，围炉而坐，“大块吃肉，大碗喝酒”，或者烤个红薯烤个玉米，岂不快哉。可是美好的东西都不长久，气候变暖之后，北方少雪甚至无雪，银装素裹的北国风光从此不再。

无雪的冬季，可命名为“色戒”——空旷寂寞的原野上，只有一种模糊不清的黑色，其他的色彩都被“戒”了，更别提银色洁白的“主色调”了。因此，人们对春天的盼望，一部分来自对寒冷北风的恐惧，更主要的是源于“色欲”——喜欢春天新鲜活泼、与日俱新的色彩。

北京的冬天，是一部中国导演拍摄的黑白电影，单调乏味；春天，色彩绚丽；冬春变换，就像在一幅色彩单一的黑白片上渲染。“有时三点两点雨，到处十枝五枝花”，浊气上升，清气下降，繁花落雨，春光流泻，好一派满园春色——这是曾经的春天，是梦想的春天，我们看到的，却是另一种样子。

气候变暖以后，春天来得早了。春季延长了，可是品质打了折扣，等量的风景稀释到更多的时间里，春天就像淡而无味却“更大、更肥、更长”的现代水果一样，成了劣质产品。花儿为什么这样红？因为它用了春天的血液来浇灌。春天的血液，就是“随风潜入夜，润物细无声”的春雨，而北京的春季，多风而少雨。

没有雪的冬季，就像一个没有爱的女人一样，破败而枯萎；没有雨露的春天，就像一个贫血病人的面容一样，苍白而憔悴；“落花人独立，微雨燕双飞”，草长莺飞，杏花春雨，多少景象，只在梦中，尽在梦中；只在江南，尽在江南。难怪康熙、乾隆，一次又一次地“烟花三月下扬州”，因为北京的春天是全无风情的。

遥想去年，一个人躺在友谊医院的病床上，看着窗外，天灰蒙蒙的。北京起了沙尘，干干净净的天，有了“不明悬浮物”，让我想起韩国大酱汤的颜色。“本来无一物，何处惹尘埃”，沙尘是从哪儿来的啊？

我问日本回来的同事，日本有这样的天气吗？他说：“没有，要是日本有了沙尘，他们就说，这是从中国过来的。”中国人也不示弱，看前几天的报道，气象专家说，北京今年第一次沙尘的发源地是外蒙古地区。不知道外蒙古人民看了这个报道作何感想。

可是，春天的脚步是挡不住的。风，像从冬天的禁锢中逃脱出来的，四处撒欢儿。小雨，在人们的睡梦中，悄悄来临。落在枯草上的小雨，细密无声；裸露的黄土，换了颜色，空气中弥漫着万物复苏的气息，尤其是迎春的花朵，竞相开放，“红杏遮不住，毕竟出墙来”——没有任何力量可以阻挡生命的成长。

2008 年 3 月 21 日

杭州四记

龙井村

西湖龙井名扬天下，可真有机会到龙井村看个明白的总是少数。因为，只要茶好喝，产地无关紧要。正像钱钟书先生所言，鸡蛋好吃，大可不必了解母鸡的长相。不过，茶叶和鸡蛋有所不同，好水养好山，好山出好茶，地灵而茶香，龙井茶只能出产在水波潋滟的西湖之滨，而不可能种在天安门广场上。

我不喝茶，但对龙井村一样的好奇。所以，一到杭州，就在老同学南余荣的陪同下，直奔龙井村。汽车沿着西湖南岸行驶，右手是浩渺的西湖，左手是各式别致的建筑，房子并不高大庄严，却很别致。论农历，是腊月二十几的天气，风却没有一点凉意。

离开西湖向南，汽车驶入了湖滨和山区之间和缓的山麓——近处是没人的深草，枯黄的颜色，不经意地随风摇摆，几处面积很小的水洼，静静地镶嵌在连绵的草地里。再远，是轩敞开阔的二层楼房，散布在坡地的高崎之处，窗明如镜，青瓦如洗。这些房子，是用于招待外来游客的。最远处的山脚下，杂树成排，在树枝的间隙里，看得见农民自住的房子，依山临竹，一派田园景象——要不是目标已定，我真想停下来，不再向前。

到达龙井村，约在上午10：30。这个季节，是茶农“最难将息”的日子。除了我们两个，只有一队游客，像是一家人，五六个，老少咸集。他们围着一口老井打水——这就是传说之中的龙井，井口是一块完整的青石，井绳的痕迹深入三分，青光可鉴。井水打上来，这群人洗手、洗脸，有到了圣地“净身”的诚心。

招呼我们两个的是一位中年妇女，她说，用这里的水洗手洗脸，是很吉祥的。我们是“唯物主义者”，自然不相信这些“封建迷信”，可入乡随俗，也照此办理。用麻绳打水，难不住我——小时候打水，都是用辘轳从六七米深的井里提水，后来，井越打越深，人力不及，改成深泵了。水打上来之后，我想喝一口，中年妇女很负责任地说：不能喝，不能喝。我只好和南余荣一起洗手洗脸。井水尚温，没有一点清冽的感觉，我怀疑是不是自来水倒灌啊。

我们成了中年妇女的客人，随她到了她家。登堂而入室，坐在一张长条桌旁。桌子上，覆盖着暗绿色丝绒台布，象征着主人家的品位。中年妇女搬出了一个铝制圆筒，里面装着半桶“正宗”西湖龙井。主人一边介绍展示，一边给我们泡了一杯茶。“醉翁之意不在酒”，我和南余荣的意思也不在茶，既不想买，喝也可有可无。

南余荣递给我一支烟。我对烟也不钟情，不是重要的时刻很少抽。2月的阳光，照在雪白的墙壁上，映出窗棂的影子；茶杯里，水汽上升；两个人的手指之间，香烟缭绕；不大的房间里，没有奢华和排场，没有正襟危坐，只有漫不经心、无所事事和随遇而乐，只有一种站在喧嚣边上偷闲的快感。时间之推移，如白墙上的影子，缓慢而不可逆转；在友好的气氛中，我们和中年妇女进行着十分亲切的交谈。

据介绍，龙井村有200多户，近700口人，都是以茶为生的茶农。他们的饮用水不是山泉，更不是龙井水，而是来自其东部的钱塘江。村民的孩子都在山下上学，口粮、蔬菜、水果也都是从山下购买——看似宜居之地，其实多有不便。

这户人家，有五口人：两个老人，一个儿子，加上男女主人。儿子今年24岁了，在杭州城里打工；他们家有7亩茶园——我很老外地问她：

“你家有多少棵茶树?”

“没数过，茶园不论棵的，论亩。”女主人答。

每一亩茶园可产茶30斤左右。采茶季节，他们一家是忙不过来的，要从安徽雇采茶女来帮忙。我们毛算了一下，一斤茶叶以400元计算，7亩茶园的产量200斤，收入应该在8万元上下。加上“有效”的营销手段，估计收入应该在10万元以外了。

我们两个说：你是大款啊，年收入在10万元往上了。中年妇女很“谦虚”地说：哪里，哪里，我们还有很多成本的啦，要雇人，还要上交茶叶的。

到此我们有了兴趣，追问要交多少茶叶。

“原来茶园是集体的，集体上交‘明前茶’到市里。市里再往哪里交，我们也不晓得。现在的茶园是我们承包的，每一亩茶园要交半斤茶，要最好的，还是交给市里。”

“那就是上税了，租田纳粮，没什么奇怪啊，我们也要交所得税的啦!”南余荣如是说。

几杯茶下去，也没什么“异样”的感觉，只有闲散和从容是我们的最爱。我和南余荣说，“龙井问茶”，这个“问”字最好。因为茶的品质和玉一样，很难判别，非当地人、茶农难以知晓。要是不“问”，就是两眼一抹黑。可既然是“问”，对方就有“隐藏信息”的自由，也有夸大其词的选择。比如，有关茶叶的种种神奇传说，都是“问”出来的。或者说，神奇的传说，是古代茶农宣传茶叶的一种有效的手段。

最有名的传说，自然是乾隆爷的——乾隆爷是“炒作”的祖师爷，现在的名人只能用一个公司、几家媒体为自己“加热”，可乾隆皇帝能够动用国家舆论、御用文人为自己“炒作”，哪一个更“红”、更知名、更流芳万世，不言而喻了。

乾隆到了龙井村，也想“装嫩”，扮作采茶女。不料刚抓了一把，就有太监急报，说皇太后病重了。乾隆也顾不了太多，急忙回京，手里还攥着这把干茶叶。

太后想尝尝这茶叶的味道，泡上喝了一口，顿时舒服多了，喝完茶，红肿消了，胃不胀了。太后高兴地说："杭州龙井的茶叶，真是灵丹妙药。"乾隆皇帝立即传令，将杭州龙井狮煌山下胡公庙前18棵茶树封为御茶，每年采摘新茶，专门进贡太后——这就是18棵的来历。

这个"广告"，和电视上某某明星穿着龙袍，指着某某产品说："我就要××××。"一个德行。时代进步了吗？大可质疑。至少，广告手法、广告制作者的想法，并没有"显著"的改进。

桌上的茶，加了几遍水了，水色淡绿，茶叶翩然，有的叶子伏在杯底，有的在中间悬着，依依如水。南同学开始发表高论：

泡茶，仿佛欣赏一个女人。茶叶，只有在合适的水温里，才能舒展自己的枝丫。浸满了水的叶片，饱满而丰盈，色泽生鲜。恰如一个女人，只有在男人的爱抚里，才会像被浸泡的茶叶一样，开放自己的身体，如花盛开，如水长流。

西湖楼外楼

"山外青山楼外楼，西湖歌舞几时休？暖风熏得游人醉，直把杭州作汴州。"这是南宋诗人林升写西湖的名篇。2月的杭州，本来寒意未退，如果加上细雨缠绵，那种水样的清冷就很让游人愁心两断。可是，我却意外赶上了一个大好时光，感觉到"暖风熏得游人醉"。

从龙井村下山，到著名的西湖菜馆楼外楼时已近两点。我和南余荣只穿了一件衬衣，备感春风和煦。出租车司机说：自他记事起，2月，具体说是2月7日，没有这么暖和的。看钱江晚报得知，那天杭州的最高气温是24.8摄氏度。天有不测风云，景有偶然之遇。在游人稀少的淡季，遇到这样的好

天气，湖光山色，尽被数人分享，那种心情就像中了大奖。

楼外楼菜馆位于西湖绝佳处。背后，是绿色浓郁的孤山；面前，是水波不惊的十里西湖；左挽断桥残雪，右接西泠小桥。“一楼风月当酣饮，十里湖山豁醉眸”。楼外楼是一座两层的仿古建筑，但不是纯粹的“中式”构造，中西结合，一表一里。外部造型是“中国特色”，屋脊婉转流畅，四角挑檐欲飞；风花雪月，佳境美食，对于极尽生活品位的中国人来说，在此用餐可助游兴。

我和南余荣上了2楼大厅。我点了白切羊肉后，就把点菜的“权利”转让给老南。南余荣叫了西湖酿藕、水煮河虾、清蒸鲈鱼和胡椒牛排。我们都不喝酒，要了两个酸奶。此时，我的手机来了短信，北京来的。

我第一次把菜名，写得这么细致。我不是美食家，也没有把自己的“人生历程”都收藏起来供人观看的嗜好。之所以记录这些细节，是因为在期望美景佳肴的名店，烹饪水准之低劣令人难以想象。白切羊肉是蘸椒盐的，盐多而椒粉稀少，除非有特殊技巧，否则羊肉片上沾满了盐花，就像凝结了一层白霜，“看上去很美”，但实在吃不下去。

我向服务员抗议，服务员说：椒盐就是这样的。

鲈鱼不新鲜了，肉质白皙，可没有弹性，好像一块一块的棉絮。我不是鱼类法医，可据常识性判断，这种现象大多因为死亡时间太长——人是如此。刚死的人，肌肉依然有弹性；时间长了，就成了一堆死肉。鱼，大概也这样吧。不知道是否有道理，不妥的话，请专家教导。

河虾的新鲜程度大致是可以信赖的，因为虾身上残留着类似荷塘污泥的斑斑点点，我不敢下筷。牛肉味道尚可，只是比较费周折，对我的咀嚼能力而言是一大考验。当然，我通过了考验，如果嚼不烂，就直接咽下去了。米饭没有一点光泽，也许可以解释为，这种米饭是正常的，其他饭店“亮晶晶”的白米是被抛光的。

我再一次向服务员抗议，表明我对饮食水准的严重关切。当然，这样的抗议没有任何意义。楼外楼始建于清朝光绪年间，领百余年之风骚。朝代虽有更迭，可这家饭店却始终是达官贵人、文人雅士的留恋之地。孙中山、鲁迅、郁达夫、梅兰芳、徐志摩、竺可桢、马寅初、丰子恺、潘天寿、赵朴初都曾在此用餐，不知道他们对饭菜满意否。

南余荣同学说：“你以为你是谁啊，名人来了，饭菜肯定不一样。”“看人下菜”不就是这个意思吗？

我明白了原因，说：“来了名人，饭店可以‘往更好处努力’，可见了我们这些普通人，也不能往坏处做啊！”

“没使坏，饭店就这个水平。”老南解释道。

“我们应该高兴，没有点西湖醋鱼和龙井虾仁，否则那才叫冤枉呢！”我说完后，两人相视大笑。

饭在人为，景在天成。人有高下，而造化一视同仁。我们吃完饭，大厅里已经空无一人。本来就宽敞的大厅，此时更加空旷豁亮。大厅之外，是一处露台。凭栏远望，西湖美景尽在眼底。烟波初起的水面上，波浪如秋风翻卷着树叶，散漫而紊乱，好像没有目标的小船，由远而近，由近及远。露台一边的白墙上，写着四个字：“独享湖光。”此时，我似有所悟，楼外楼其实不是吃饭的所在，而是出售西湖美色的。既然景色可餐，饭菜糟糕也就可以原谅了。

下楼的时候，看见楼梯边上立着一个告示牌：二楼饭菜价格，比楼下贵10%，请顾客自由选择。在饭店看来，这10%就是观光的价值。而我认为，西湖景色的贡献率为90%，饭菜自身的品质不会超过10%，“盛名之下，其实难副”。

灵隐寺

中国所有风景优美的名山，都有名声赫赫的寺庙据守。这既可以解释为修身养性、避物诚心需要一个比较清幽的环境，也可以说明面壁顿悟基本上

是一般人难以忍受的“苦行”，非有景色之胜难以吸引人投身其中。灵隐寺藏身于西湖之滨绿树环绕、山泉淙淙的半山之中，布局严整，古刹巍然，林木繁茂，青竹悠悠。这样一个美丽的地方，无论是对观光者，还是在寺庙里修行的出家人来说，都是不可多得的世外佳境。

佛教不是中国原产，是从另一个文明古国印度传入中国的。可佛教建筑却是世俗中国社会的翻版，寺庙格局对称严密，循规蹈矩，是儒学等级化社会结构的最直接反映。灵隐寺中心，是大雄宝殿，供奉着佛祖释迦牟尼、各路菩萨以及护法僧；之前，是天王殿；其后，是药师殿。这三大建筑是灵隐寺的主要建筑，沿着中轴线一字排列。中轴线两侧，是寺庙的辅助建筑，有方丈室、念佛堂、经幢、经塔、僧众住所以及客房。

这种布局和紫禁城一个模板。不仅如此，大多数佛教建筑，除去佛塔这种纯粹的宗教性标志之外，都被儒家的社会设计异化了，变成了地地道道的“佛学修正主义”。因为，佛学的根本是“众生平等”，每一个人无论男女、长幼、贫富、贤愚，都可以通过自我的修行，积累善业，并走向通往极乐世界之路。也就是说，佛学一方面是出世的，教导人们如何忘却现世的痛苦，获得永恒的快乐；另一方面自我修炼、完善并觉悟，又是一个非常个人主义的过程——每一个人的因缘，与其他人没有任何关系。与亲友无关，所以，佛教是反家庭的；与领导无关，所以，佛教是反对权威主义的；与皇帝无关，所以，佛教与中央集权制度背道而驰。

> 佛法的我造世界，人人造世界说，是自由自主的人生观。人与人间，既不是主奴体系，也不是父子体系。先进先觉的是师，后觉的是弟子。先觉者有引导后觉者应尽的责任，是义务而不是权利；后觉的、不觉的，有尊敬与服从教导的义务。师友间情理并重，而在共同事上，又完全站于平等地位。以佛法而构成社会关系，必然为师友文化体系，适合于民主自由的精神。

这是灵隐寺顺印法师的一段话。显然，自由平等的精神，乃佛法之核心。照此推断，我们看到的所有寺院，其实都违背了佛家的基本教义，灵隐寺也不例外。佛并不需要堂皇的庙宇宫殿、繁复的仪仗、熊熊的香火和各种供奉，众生可以直接与佛对话，或者说，佛本在每一个人的内心。不过，中国人本来也不相信什么来世，不敬畏什么佛祖、上帝、神仙，他们只有一个简单率直的想法：能不能像服用灵丹妙药一样快速起效，此为“临时抱佛脚”。

灵隐寺的大雄宝殿是单层、重檐、三叠的建筑，高达33.6米。从外面看，需要仰视。进到大殿内部，更显得宏伟壮观，望之即油然而生出一种天空高远、苍宇茫茫的崇敬感。大殿的柱子，自下而上，巍然耸立，很像孙悟空的金箍棒。要知道，中式建筑的梁柱都是木材，从哪儿去找这么高大粗壮的树木啊？我马上问旁边的出家人：

“这些柱子是木头的吗？”

“是钢筋水泥的。原来是木头的，最后一次改建的时候，换成钢筋水泥了。”出家人回答。

出家人说的最后一次改建是1954年，此前的修建是1910年。清宣统二年（1910年），昔征和尚主持重建大雄宝殿，高十三丈五尺。建殿木料是清廷从美洲购买而得，本来是用来修理颐和园的，因时局动荡，无法开工，故南运杭州，修建灵隐。提到这一段的用意在于，中国北方林稀山秃，和中国人用木料盖房子大有干系，而建筑对于中国历史之影响，并没有得到应有的重视。

灵隐寺的庙宇依山而建，逐级向上。我们登上最高的台阶，来到药师殿。此时已近下午4点，寺庙里的僧人开始为第二天的“功课”做准备了。一僧一俗，正在更换香客们跪拜的蒲团，明黄色的布面嵌着黑边，上面有三个字：“星期四”——明天是星期四。

我顺口说：“五星级酒店的服务啊！”因为星级酒店的电梯间，每天换一块垫子，上面标明当天是星期几。

听见我这么说，换垫子的“小和尚”很开心地笑了。

他满面红光，有一种健康向上的气息。

我就和他说起话来，他问：

“你要出家啊？”

我说：“是啊，你们‘扩招’吗？”

“你们收费吗？收费多少？”南余荣问他。

小和尚哈哈大笑，说：“我们这里不收费，不仅免费，还发工资呢。”

“短兵相接”之后，气氛一下子热烈而融洽，我们就更为广泛的问题进行了富有建设性的交流，增进僧俗双方的了解，加深了友谊。

他 30 岁出头，老家是安徽的，兄弟姐妹 7 个，他是老六，很小就出家了。最早在广东的一座寺庙，来到灵隐寺才几年。他对现在的状况是很满意的，既没有还俗的打算，也没有另谋他处的想法。寺庙里负责生老病死，每天念经做功课，并做一些洒扫厅堂、待客行礼之类的杂务，一个月有 2000 多元的收入。他有手机，每天看电视。

说道晋升，他说：职位的高低和德行是没有直接关系的。修炼靠个人，讲究顿悟，圆满的程度很难由外人判断。担任住持、方丈的大和尚、老和尚，其佛家的修行未必胜过一个做杂役的小和尚。职务之升迁，是世间法；业力积累，是佛家法，两者是不同的。

我接着问，佛家弟子也避免不了两种最基本的欲望，那为什么僧俗之间的界限要划得那么清呢？可不可以像东南亚一样，每一个成年男人在某一个年龄段，在寺庙里清修一段，然后再回到社会中呢？和尚，也不要单身，不要素食，不要住寺，不要僧装——这是当今佛家的“四项基本原则”。

我说到“两种欲望”，小和尚反应特别快，没等我说完，“财色”二字已脱口而出——显然，有关这些人生基本问题的思考，佛家更为到位。也由于寺庙的生活“衣食无忧”，使他们有了更充裕的时间进行更深入的探讨。色且不谈，就“财”来说，历史上的灵隐寺一直是一个“经营有方”的寺庙。曾经，为了增加经营的积极性，打破“大锅饭”，灵隐寺还实行过在佛界很有影响力的“房制”。

所谓“房制”，就是各个院落分作私人产业，一切收支及招收僧徒等事，外人不得干预。灵隐寺住持，由各公房推选，看上去俨然成了一个部落，世俗之味浓重，而道风自然无从谈起了。灵隐寺也曾经拥有大量田产，并由此惹出事端。明代初创，崇尚佛法，不久，以整顿为名，对各寺庙采取种种限制措施。灵隐寺僧人为了避免是非，主动把宋时朝廷所赐的杭、嘉两州一万三千亩交还朝廷，以免灭顶。

小和尚笑了笑，面有难色，说：“这个问题不是寺庙能解决的，需要‘全社会’来支持。”

南余荣说：“我有一个办法，让现在的孩子们别军训了，进了大学直接到寺庙里当一年和尚。军训练的都是‘筋骨皮’，排队、踢正步、叠被子，没有什么技术含量。到寺庙里，诵经作法，晨钟暮鼓，对内心是一种深刻的陶冶。”

我说：“这个办法不错，我赞同。”要是那样的话，佛门净土将再现“南朝四百八十寺，多少楼台烟雨中”之盛况，寺庙至少和现在的大学一样，门庭若市了。可是，我知道那是行不通的，正像那个和尚所说，佛教的繁荣并不是寺庙能做主的，是需要社会支持的，而这个社会只需要佛门做一个装饰。

寺庙藏之名山，是名山之点缀；佛教隐于中国社会，也是中国社会所需的最好装饰品。

白堤和苏堤

到断桥，约下午5：30了。南余荣要去接他女儿，只留下我一个人。本来游人寥寥，现在又走了一个，断桥上就更加人影稀落了，只有断桥婉转的倒影在水中飘摇。我买了当晚10：00杭州到北京的火车票，距离上车还有5个小时，这段时间，正好在白堤、苏提上步行，看一看西湖从日落到黑夜的风情。

白堤是北里湖和西湖的分水岭，白堤以北是北里湖，以南是波光粼粼的西湖。两湖之间，有三座桥连通，自北向南依次是断桥、锦带桥和西泠桥。最著名的自然是断桥。断桥的名气，首先来源于白娘子和许仙的浪漫邂逅；再有，“断桥残雪”也是西湖之上最富于想象力的景色——杭州的气象，少见银装素裹，可就是雪色初上，微微发白的断桥，淡淡的，却也胜过瑞雪摧城、独钓寒江的景色。

白堤这个名字是为了纪念唐朝著名诗人白居易，而白堤之美，正如白居易的诗歌一样浅白质朴。白堤上，没有水榭歌台，也没有回廊悬亭，没有假山怪石，也没有奇花名木，只有绿意盎然的草地和稀稀落落的弱柳，在暮色中聆听着西湖微弱的水声。此时，一个人走在白堤的石板路上，天色苍茫，远山如黛，水影朦胧，长堤卧波，人生如此，岂不得意而忘形。

有一点需要说明，现在的白堤并不是白居易修的。白居易所筑白公堤是钱塘门外向东北延伸的一条水堤，早已废弃。白居易任杭州刺史时，常到白堤漫游，并作《钱塘湖春行》云：“最爱湖东行不足，绿杨阴里白沙堤。”白居易在治理杭州时，兴修水利，疏浚六井，拓展西湖，有德于民。后人对这位地方官充满怀念，称白沙堤为白堤，以为纪念。

中国园林，常在曲、隐、回、转之上下功夫，就像文人写文章，总要写得晦涩艰深，让人琢磨不透才算高明。可白堤是一个例外，其中原因，我想有二：第一，兴修白沙堤主要是为了拦蓄洪水，而不是为了看风景，所以亭台楼阁之类的装饰，纯属累赘，没有实际价值；第二，园林艺术在明代为最高峰，而“大明朝”是中国的“中世纪”，黑暗且专制，士大夫们不能在朝堂之上放言，只好在自家后院里“指点江山”，可私家园林的面积不可能很大，空间的局促迫使中国的造园艺术家们精雕细琢。白堤修筑在西湖之上，这样的空间尺度非人力所能控制，取法自然、以简求胜，才是真正的大手笔。

所有的中国园林不过是园艺“小品”，而西湖才是气势恢宏、景象万千的景色庄园——“小品”贵在精细，“大制作”则不拘小节。白堤就是这么一个“大制作”，它不需要曲折婉转的“春秋笔法”来修饰，它是直白的、坦诚的，甚至是赤裸裸的，让人一览无余，正像一位横空出世的美人，不需要涂脂抹粉，而“小家碧玉”却常常含羞带怯，“犹抱琵琶半遮面”。

如果说白堤是直白的、单纯的、平铺直叙的，苏堤则是幽静的、神秘的和充满变奏的，也许，这正是白居易和苏东坡两位诗人之间的性格差异——白居易直率朴素，苏东坡深邃繁复；白居易只是一个大诗人，苏东坡则是一个大诗人、词作家、书法家、画家、禅道者、美食家以及旅行家。苏东坡的旅行虽然是仕途坎坷的一种反映，但也不排除苏东坡“自愿放逐”的可能性，毕竟到京城之外做官是“公费旅行”，何乐而不为呢？更让我辈羡慕不已的是，“水光潋滟晴方好，山色空蒙雨亦奇”的人间天堂居然是苏东坡的流放之地。

我不是被流放，因为没有到那个级别，也不是一个流浪者。我觉得自己像阿甘，像阿甘一样傻，像阿甘一样快乐。从白堤一路走，到孤山，过西泠桥，天已经完全黑了。彩灯齐上，西湖岸边的饭店、酒吧、咖啡屋金碧辉煌，倒影入水，随波流金。西泠桥西端，是江南名妓苏小小之墓——不看墓碑的话，会误以为是苏东坡的妹妹，其实两个人没有关系。苏小小比苏东坡早了500多年，只是才智不输给传说中的苏小妹。

苏堤最美，在于苏堤春晓。“烟花三月”，六桥卧波，站在任何一座桥头，都可以欣赏春深似海、繁花似锦的美景。尤其是自北而南的六座石桥：一跨虹、二东浦、三压堤、四望山、五锁澜、六映波，正如六个音符书写着苏堤的节奏。桥上人流浮动，落花生情；桥下水色如晕，流水有意。江南春色在西湖，西湖最美在苏堤。可是，这种花样，并不是苏东坡诗兴大发的结果，而是他脚踏实地、汗流浃背干出来的——中国名人雅士，都有眼高手低的毛病，但苏东坡具有“草根精神”，难怪林语堂在《苏东坡传》中，称其为中国历史上2000年未有的人物。道德文章，已成定论；要是再加上埋头苦干，苏东坡的确是中国第一，其他人物难以望其项背。

我赶上了杭州难得的好天气，不过离春天还远，而且我一个人步行到苏堤的时候，天已经黑尽了。白天喧闹的苏堤，静了下来；苏堤周围的景色隐没在重重的黑夜里；道路两边的树枝绿叶，交叠在一起，形成一个长长的甬道，由近而远；路边，只有一排路灯，暖白色的光笼罩在黑绿色树叶之下。有一种禅一样的宁静，有一种天街一样的神秘，有一种行者的孤独和快乐。你会惊异，不知道这条路从哪儿开始，到哪儿结束；或许，你永远也不希望看到它的尽头。物由天成，景从心生，微风徐来，如丝拂面，谁能不为此而痴迷、而陶醉、而迷乱。人说苏堤春晓最美，我对苏堤上幽静的夜晚情有独钟。

我听得见自己的脚步，听得见树叶的细语，听得见月光入水的声响，听得见耳机里传来《菊花台》的旋律——歌词是我配的，名字叫《今夜的月光为谁而忧伤》。

今夜的月光，为谁而忧伤
像水一样，慢慢流淌
情太漫长，凝结成白霜
你是否在黑夜尽头遥望

风轻轻唱，娇女倚红窗
我在夜色里一个人前往
梦已破碎，心存你体香
风乱吹不散你美丽的模样

百合淡，雏菊黄
我的心情为谁伤
花落人断肠，愁思空怅惘

微风吹，青丝乱
你的影子剪不断
今生与你相约，至死也无怨

你的泪光，为谁而飘散
昨夜的露水，打湿我青衫
你不再远，就在我身边
在我温暖的怀抱里如此委婉

你的容颜，总也看不倦
花样安静，阳光一样灿烂
天微微亮，美梦在眼前
哪管今夕何夕卖了谁的江山
百合淡，雏菊黄
我的心情为谁伤
花落人断肠，愁思空怅惘

微风吹，青丝乱
你的影子剪不断
今生与你相约，至死也无怨

2007 年 2 月 13 日下午 2：00

备注：写白堤和苏堤的时候，重感冒在身，浑身无力。可是，箭在弦上，不得不发，只好挣扎着写完。精神可嘉，自我表扬一下。

武汉速写（正史）

每一个城市都有自己的标志性风景，巴黎、纽约、东京以及伦敦，莫不如此，武汉也一样。只是和这些后起之秀相比，武汉气吞江汉，襟怀千湖，一个标志不足以展现其风采和魅力。就像奥运吉祥物一样，其他国家一个，北京奥运会则是五个福娃——武汉的风景也是一系列的，择其简要，可以概括成：一二三四五，金木水火土，色香形俱佳，琴声传千古。

欲知详情，且听分解。

一湖：东湖之沉寂再次说明了一个真理：干得好不如嫁得好。这么说，是把东湖看作一个风情万种的女人。“水光潋滟晴方好，山色空蒙雨亦奇。欲把西湖比西子，淡妆浓抹总相宜。”苏东坡就是这么说的，但他写的不是东湖，而是西湖。西湖之名声鼎沸，一方面得益于苏、白二人在两个伟大朝代拥有绝对的话语垄断权；另一方面则是因为杭州曾经是南宋王朝的都城，湖以城贵，西湖的名气也就远在东湖之上了。其实，东湖佳境，在任何一个方面都不逊于西湖。青山环伺，水光缥缈，长空栖霞，卧波飞鸟，这种地方，在我们国家并不多见。不信，你可以去看。

不过，东湖最吃亏的也不是“嫁错了”，而是缺少“绯闻”。试想，许仙和白娘子在西湖的断桥上，双双对对，如荷花翩翩。若是烟雨霏霏，更兼情意绵绵，此情此景，何似天上人间。伟大的山水一定要搭配伟大的爱情，可惜东湖没有。人们向往西湖，或许不是忘情山水，而是渴望人间真情。所以，东湖要想和西湖并驾齐驱，除非有可歌可泣的爱情经典。武汉人民想把东湖搞上去，可以照此办理。

两江：汉水在汉阳汇入长江，两江汇合，一清一浊，泾渭分明。汉水是青色的，长江是浑黄的，汇流之后，就江汉一色了。不过，不是由浊返清，而是自清入浊——这就是江湖规则，总是混浊的把清亮的污染了，坏人把好人带坏了，而不是相反。以长度计，汉江是长江的第一大支流，我们“赞美长江”，却常常把汉江忽视了。

以两江和中国传统文化作比，中国文化的主流和浩浩荡荡的长江一样，看似“博大精深”，实则泥沙俱下，混沌不清。这种“水”不符合卫生标准，喝了肯定闹肚子。不过，传统文化并不是一无是处，主流坏了，污浊不堪，支流则依然清澈。正如汉江，发源于巍然高峻的秦岭，穿行在幽谷和深涧之间，“藏在深山人未识”，水质依然清冽宜人。这也就是为什么南水北调的水源地选择在丹江而不是长江的原因。可难题在于，水分得清主流和支流、上游和下游，如何剥离传统文化之中的糟粕则难上加难，远不是“取其精华，去其糟粕”一句话能够解决的，常常是“逆向选择”，留下的是不该留的；被忽视的，却是真正的精华，例如老庄之学。

三镇：武昌、汉口、汉阳并称武汉三镇，历史上曾各领风骚。明清之后，汉口名声在外，和河南朱仙镇、江西景德镇以及广东佛山镇并肩，是为全国四大名镇。“十里樯帆，万家灯火”，“盐务一事，富甲天下”。汉阳得名于“水北为阳”的阴阳思维，在相当长的一段历史时期中和汉口同步发展、齐头并进。“三十年河东三十年河西”，国民党统治时期，武昌和汉口合并，成为国民政府的首都，始称武汉。此时，汉阳是汉口下辖的一个县，从此“三兄弟”有了高下之分。

而今，三镇格局已定，各有侧重。汉口专攻商业，楼多人密，灯红酒绿，一派歌舞升平；武昌乃风景和人文荟萃之地——黄鹤楼临江而立，比翼欲飞，扼江汉之险要，数千古之风流，东湖周围有武汉大学、华中科技大学、中国地质大学和华中农业大学等名校，每一所学校都像一座巨大的花园，加之人文气息浓郁，青春洋溢，思想激荡，自由活跃的学术精神从珞珈山、喻家山、南望山和狮子山顶倾泻而下，与林间清风交汇、融合，在东湖上空萦绕，正如雅典文明的声音在地中海上空回旋激荡并传播到世界的每一个地方；汉阳在武昌和汉口的夹缝中，两头受气，商业比不过汉口，斯文又大逊于武昌。

老子说：道生一，一生二，二生三，三生万物。本人写到三，不写了，至于“四”和“五”，让“三”去生吧——反正不计划生育，想生多少生多少，想生到哪儿生到哪儿。

金：曾侯乙墓的出土文物，以编钟最令人震惊。不过，曾侯不像我们想象的那么高雅，编钟也不是为了“精神文明”，而只是“物质文明”的一部分——曾侯用膳的时候，演奏编钟以增进食欲、调节气氛而已。这并非妄断，因为除去编钟、编磬之外，出土文物中体形最大、数量最多、技术最先进、配套最齐全的就是食器和酒器。“钟鸣鼎食”怕是这个意思——“吃”是一种很繁复的礼节，先吃什么后吃什么，都有严格的程序和仪礼。为了防止不懂规矩的人搞错了，就以奏乐的方式提醒大家，以统一节奏，严明纪律。

食器中，九鼎八簋最为显赫。九鼎八簋之外，有一把长柄的勺子，青铜所制。长一尺有余，勺子的直径约七八厘米。从柄长和勺子的直径看，是分餐用的。分餐者，掌勺人也。掌勺人可以决定给谁吃不给谁吃，在“以食为天”的古代其地位之高毋庸置疑。从用餐者角度看，掌勺者高高在上，自己有没有吃的，能不能吃饱，全在掌勺者的意志和恩赏。“赏口饭吃吧”，虽是一句白话，其最早的来历，概出于此。

还有一个细节，曾侯所用的所有器具，都有铭文：“曾侯乙持用终”，鼎簋也不例外。翻译成白话就是：“这是我的饭碗，即使我死了也是我的。”可见，曾侯对饭碗看得多紧，反过来，“抢别人的饭碗”又是一件多么可恶的事情。但是，曾侯到底是谁呢？史书无载，现在的考古研究，也没有完全弄明白。但是，有一点可以肯定，即曾侯生活在距今 2400 年前后的战国时期，那个时候世界上的其他文明有什么成就呢？有兴趣的人，不妨去做一下比照。

木：中国地质大学院内，有一片石林。远看像是大火焚烧之后的森林，没有枝条，也没有一片叶子，只有光秃秃的主干竖立着，高低错落，参差不齐，有一种蛮荒世界的苍凉和雄浑。事实也是如此，这片石林，不是一般的石林，而是剧烈的地球运动——地震、火山爆发和炽热的岩浆流动产生的杰作：木化石。

木化石主要形成于侏罗纪和白垩纪时代。强烈的造山运动，将燃烧未尽的大片森林埋入地层。地层中的二氧化硅熔岩在超高压作用下，渗入树干置换了其中的有机质，形成了木化石。所以，木化石形神兼具，其形如树，苍劲古朴；其神为石，美艳胜玉。腐朽至于神奇，这种持之以恒的耐心，只属于万能的造物者。人常用“木已成舟”说明事情之不可逆转，于我看，改成“木已成石”也许更好。

水：一个城市的形态是由山脉塑造的，而水系无疑传达着一个城市的精神。武汉就是这样一座体态强健、精神饱满的城市。武汉界内有多座小山，山不高，也不险峻，但每一座山的布局都特别到位，也可以说恰到好处。如龟山和蛇山，隔江而立，分居长江两岸，最适合英雄豪杰登高望远，指点江山。尤其是中国多文人墨客，一楼（黄鹤楼）一阁（晴川阁），地方太小，根本放不下，门票又贵，远不如登山经济合算。武汉长江大桥依山而建，龟蛇二山，左踞右盘，正好当大桥的垫脚石，龟蛇神兽，可保长江大桥固若金汤。

然而，水依然是这个城市的主旋律。江汉交汇，滔滔东去，浩浩荡荡、日夜不息的长江是武汉永远的骄傲。武汉因长江而生、而建、而兴盛和繁荣，九州通衢，十里江滨，两桥飞越南北，一水连带西东，曾经的辉煌、未来的梦想都与这条河流紧密相关。“故人西辞黄鹤楼，烟花三月下扬州。孤帆远影碧空尽，唯见长江天际流。”古人的音容和帆影，都随着浩瀚的江水从容而去，只有两岸的人生百态、世间风情常在常新。

火：我在武汉的时候，2008 年奥运火炬也传递到了这里。很多人去看，潮水一样的人群随着火炬涌动，盛况空前。我没去，一是要参加学术讨论，没时间；二是我不大喜欢热闹。火炬传递是现代奥运会的重要一环，具有某

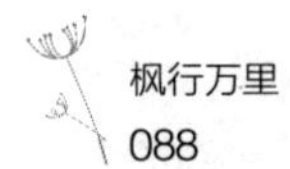

种神秘、崇高的意味，可要是搞得太大，轰轰烈烈的，像中国农村的社火一样喧嚣和夸张，就失去了其中神圣的内涵。

神圣和庸俗只差一步，神圣过了头，就“又”“土”了——“圣”字之构成，已经隐含了这层意思，只是有些人太愚钝，不解其中深情。还是奥林匹克的发源地雅典，更有品位。赫拉神庙的取火仪式，至纯至洁，至庄至重，由凡入圣，以瞬间创造永恒，正如赫拉神庙的大理石雕刻一样圣洁崇高。再看国内的火炬传递，车水马龙、红火闹腾不假，要说是神圣，还没到。

文章之妙，有明有暗，“金木水火”为明，一一道过了；“土”为暗，恕不絮叨了。看出来的，为知音；看不出来的，是读者。

色：一个城市的色彩，有些是天然的，有些则是人为的。比如北京灰，就是地道的“北京制造”——半新不旧，偏是有人喜欢。武汉也有非天然的颜色，墨水湖就是其一。五代十国时期，昭明太子写《昭明文选》，写完了就在湖里洗笔，湖水因此变了颜色。传说都比较神，不神就没人传了，事实上，墨水湖只是颜色较深而已。但湖水不言，也就没人给它平反了。

湖水的本色是蓝的——武汉旧称云梦泽，江汉汇流之后，在一望无际的江汉平原漫游，留下了数不尽的大小湖泊。仅在武汉市内，就有上千个之多，因此，武汉也被称为千湖之乡、云梦之国。比较有名的有武昌的东湖、严东湖、严西湖，汉口的金银湖，汉阳的墨水湖等。北方干旱，以水为贵，希望湖变成海，北海、中南海、什刹海，都是面积不大的湖水。南方人开门见水，有点烦，所以，见水就堵，见湖就填，武汉的湖也就越来越少，留下的水面也越来越小，如蓝色的石子随意散布在林立的高楼大厦之间，生云聚雨——武汉因此而千般风情、万般妩媚。

香：一个女人能否吸引并留住男人，关键看她能否满足男人的胃；一个城市是否引人入胜，除了风景和名胜，也需要美酒佳肴的煽动。喜爱红烧肉的伟大领袖，也对武昌鱼津津乐道——“才饮长沙水，又食武昌鱼。万里长江横渡，极目楚天舒。”不吃武昌鱼，毛泽东必不敢在长江的大风浪里“闲庭信步”，就像没有十八大碗劣质黄酒，武松过不了景阳冈一样。

我不大吃鱼，怕卡着自己，但这不是最主要的，根本原因是吃鱼必须小心翼翼，“一刺不苟”，和我追求大块吃肉的感觉相差太远，缺乏天不怕地不怕的革命豪情和英雄气概。“革命不是请客吃饭”，可是，吃饭能衡量一个人的战斗力如何。“廉颇老矣，尚能饭否”——要是一顿饭能像廉颇一样吃一斗米、十斤肉，必是横刀立马可当大任的猛将。

健康的饮食不是大鱼大肉，主导一个城市饮食潮流的也不是“豪门盛宴”，而是人见人爱的街头小吃和巷子里的叫卖声以及空气中烧烤的香味。武汉的小吃是热干面、米粉和臭豆腐。热干面在北京吃过，不太喜欢，想在武汉找找感觉，结果也不理想——面条上沾着过分的芝麻酱，摩擦力太大，吃起来费力，味道也过于单一和厚重。对米粉的热爱一如既往，昆明、桂林、南宁、北海，各地米粉做法和口味略有差异，却同样好吃。这回在武汉又吃了一次牛肚米粉，“味道好极了”，特别是老汤，“滴滴鲜浓”，“鲜得使人不忍离去”。

此非虚言，吃米粉的时候，约是下午 3：00 前后，不是因为饿，而是因为想。吃完了，激发了食欲，一发不可收，想换个口味再吃一碗，徘徊良久，不肯离去。此时，一干人马从身边掠过，带来了一缕细微的香味。我做了一个深呼吸，捕捉到这就是江湖上流行的臭豆腐的味道。但方向不明，急速打探，旁人指明了去处，即火速前往。

臭豆腐有了很大的改良——以前，外表焦黄，油炸之后，蘸辣椒酱，一臭一辣，相得益彰。现在，外观更难看了，黑漆漆的。炸熟之后，配上混合好的调料，口感大胜从前，外焦里嫩，焦不干涩，嫩可弹牙；“臭”“辣”“香”，三味杂陈。一块臭豆腐，叫人想断肠。当然，臭豆腐也有不好处，要是铺面开在马路边上，臭味逆风飞扬，十里之内老少相闻，就不好了。所以，武汉臭豆腐的另一个改进是，从路边摊转入地下，不在马路上招摇——“豆腐不怕巷子深”，相关人士自会寻味而来。

闻香识女，一个美好的女人一定是“耐人寻味”的；闻香识城，一个有魅力的城市，必然是有味道的。

音：中国历史上，有很多经典。梁山伯和祝英台，是男女之间的爱情经典；牛郎织女，也是经典，一个是“贫下中农”，另一个是天上的仙女，银河迢迢，两情缠绵；唐明皇和杨贵妃，也是经典，“在天愿作比翼鸟，在地愿为连理枝”，唐明皇以九五之尊，和杨贵妃约定终身，有情有义，可歌可泣；许仙和白娘子，则是另一种经典，千年的等待，只为了今生的一次留恋，此情此义，感动天地，蛇在中国人心中的良好形象，全得益于这个神话。

这些经典有点玄乎，可是人们愿意相信它们，更愿意它们在自己身上应验。尤其是中国农民，干活累了，手扶锄把，站在热烘烘的太阳底下，看着没有希望的田野，幻想着：某一天七仙女大驾光临，和自己一起双双对对，在风水独好的银河两岸“耕云”，何等风光、何等惬意啊！我曾经是“准农民”，知道七仙女在广大农民中的形象可比今日之“超女”。

上述经典，有关爱情；爱情永恒，经典长存。另一种经典，关乎友情，如“高山流水遇知音”。俞伯牙，楚国人，是屈原的老乡，他没有在楚国“为人民服务”，而是在晋国谋了一个高官。有一年，奉晋王之命出使楚国。中秋之夜，在长江上巡游。大雨初停，明月入江，他一个人焚香抚琴，听涛赏景。一曲未终，琴弦断了。伯牙吃了一惊，料定有人听琴，就下船看个究竟，果见一个樵夫听得入神。数语相接，相见恨晚。于是回到船上，“再续前弦”。伯牙弹了一曲，钟子期赞道：“善哉，峨峨兮若泰山。”续弹一曲，钟子期再赞：“善哉，洋洋兮若江河。”高山流水，幸遇知音，俞伯牙遂与钟子期相约第二年中秋，在钟子期家再聚。一年以后，俞伯牙再访，钟子期却已经病逝，俞伯牙看到的只是新土如丘。俞伯牙忍住悲痛，在钟子期的坟前重弹高山流水，琴音哀婉，哭声震天。曲子终了，俞伯牙断弦摔琴告慰子期，高山流水，竟成绝唱。

此时无声胜有声——古琴台，为此而建，为了传说中有过的琴声。

2008 年 6 月 12 日

长白山之行

长白山地灵人杰，有长歌当舞的朝鲜族人民，有高山，有峡谷，有飞流，有平湖，有终年积雪，有热乎乎的温泉，有原始森林，有温柔的草甸。风景，应有尽有。

延吉——小城故事

延吉是一座有规矩而没有规模的城市，“规矩”不是谁定的，而是自西向东穿城而过的布尔哈通河确立的。以河为界，延吉一分为二。水之阴，为河南；水之阳，为河北。“布尔哈通”是满语，意思是长满柳树的河流。

我们到延吉，是7月初的一个早晨，正是河水充沛的季节。远看，水流不大，也不急。布尔哈通河蜿蜒曲折，水流依依，看不见柳树，河流的路线倒像风中摇摆的柳枝，缥缈多姿。与宽阔的河道相比，布尔哈通河瘦弱纤细，完全没有雨季河水暴涨的气势。河滩上，有河水冲积而成的乱石堆，野草丛生，遂成绿洲。说不上风景多好，可是一派天然。

有人不喜欢“纯天然”，他们要改造。

“好事者”在布尔哈通河流经市区的河段，建了两座橡胶坝，一座在市中心的延吉桥，另一座在更下游的延东桥。两坝横卧，“低峡出平湖”，流静水深，湖面开阔，有了另一番景色。傍晚，这里是市民的好去处，水无边际，烟波浩渺，两岸灯火，尽泻其中。没有看过上游的人，会误以为这就是河流的原貌，可实际上，这是一条“伪”河流。作假，在今天算不了什么，特别是作假能做到于民有利，就更可歌可泣了。

我不喜欢“伪”河流，不是因为假，而是因为“河流”与延吉的城市规模是不匹配的。延吉是一座小城，要的是小河流水；浩浩荡荡的“河流”，只和大城市相配。当然，我是非常喜欢延吉的。

这里，人是淳朴的——问路之后，你走了很远，对方还看着你，怕你走错了，“蓦然回首，那人却在灯火阑珊处”；这里，人民是安逸的——下午5点，最大的菜市场已经关门了，6点，夜生活就开始了；这里，是多元的——有汉族、朝鲜族和满族，也有中国人、朝鲜人和韩国人；这里，也是有味道的——泡菜的辛辣酸甜吸引着每一个外来者，狗肉火锅的香气和烧烤的松烟弥漫在延吉的上空；城市是宁静安详的——晨雨中离开延吉，整个城市依然沉浸在朦胧的烟雨中，沙沙的雨声如梦中低语。

海兰江——没有激情的漂流

子在川上曰：“逝者如斯夫，不舍昼夜。”孔子特别喜欢漂流，当他激流勇进时，看着滔滔而去的江水，发出了这样著名的感慨。有人会说我胡说，没有一点学问家的严谨。我不这么看，《论语》中另有夫子所言，为我佐证。

子曰：“道不行，乘桴浮于海。从我者，其由与?”——如果不幸出生在一个无道的国家，饥寒交迫，没有自由，我宁肯扎一个竹筏子，去海上漂流，寻找海外市场，传播大同世界的理想。现今，孔夫子天上有知，应该非常开心，因为中国已经在国外开办了若干“孔子学院”，世界大同只是时间问题了。

对孔子的儒学，我提不起兴趣；可是，孔子热爱运动的精神，我很佩服，也愿意在适当的机会像孔子一样顺流直下，体会“逝者如斯”的感觉。听说延吉附近的海兰江有漂流，我一个人就去了。

没有两条河流是相同的，我却觉得海兰江似曾相识。江水清澈，游鱼在水草和乱石之间游来游去，一个大人和几个孩子在浅水处张网逮鱼。三个人在河边洗车，一位女士团坐在车顶，她后背没什么遮挡，身清如洗；另两个男伴赤脚下水，不停地把水撩到车顶和女士身上，像过泼水节。除去小轿车，这种景象，和我记忆中故乡的河水并无不同。

装备停当，直接下水。所谓装备，就是一件救生衣。时在正午，只有我一个人，保护我的农民兄弟格外开恩，让我一个人乘橡皮艇独自漂流——这是一条没有激情的河流，随便怎么折腾也没有惊涛骇浪。

顺水而下，波澜不惊。左岸，青山耸立；右岸，田垄井然，白色的土豆花开了，不娇艳，也没有特殊的香气。连绵的玉米地尽头，是朝鲜族特有的民居，在万绿丛中露出砖红色屋顶的一角，起起落落，时隐时现。桥上的人，低头看着河水和船上的人，或有言语；仰望桥上的人，却听不见他们的声音。江水滔滔，隔绝了近在咫尺的尘世喧闹，只有两岸秀色在紊乱的江波中摇荡散去，再无踪迹。

下行约 1 千米，是海兰江和布尔哈通河的汇合处。两河交流，水面更加开阔，水势也更加从容。流平波静，桨也无声，风动水移，逐浪而去。我弃桨解衣，平躺在橡皮艇上，仰看白云过眼晴空旋转，卧听清风习习江水细语，山高树小，水近岸远，“前可见绿洲，后可见雪浪，听江水之滔滔，独怡然而忘我”。如此陶然境地，谁不忘乎所以。我如此，陪同我的农民兄弟也如此——他的脸盖着一顶草帽，似乎睡着了。船，不知道在向哪个方向漂流。

朝鲜族民居——民居和民族心理

历史上，日本、韩国和朝鲜深受中国文化的影响，中国人也理所当然地认为自己是这一地区的老大，并在文化上将这三个国家划到同一个圆圈里——儒家文化圈。我对日韩文化没有深入研究，但有一种直觉，即日韩文

化脱胎于中国之后，进行了适当的改造和升级，植入了日韩的民族性格。这一“外科手术式”的改造，使日韩文化与中国文化“貌合神离”——看上去很像，实则改换了根基。

朝鲜族民居和北方汉族民居的差异，是在细节上。外观、布局、建筑材料和技术，都是相同的。典型的汉族民居是一串“糖葫芦”，三间房子一字排开，一明两暗。明则为堂，暗则为室。堂居于整个建筑的中心地位，并领导着左右两室；左右两室是从属的，如左膀右臂。堂是一个家庭的活动中心，也是对外开放的，迎来送往、家庭会议等都在这里举行。室是私密的，闲杂人等，概莫能入。堂正中开门，室有窗无门，进入室内，须经过堂，“登堂入室”就是这个意思。堂和室，在后墙上都没有门，也没有一扇窗户——所以，汉族民居的室内，采光和通风都不好，非久留之地。

朝鲜族民居的屋顶，是“四面坡”。汉族民居，是“两面坡”，人字形的屋顶只向前后倾斜——这是朝汉民居在外观上的唯一区分。朝鲜族的居室，也是三间。中间一间特别宽大，两边的则小得多。汉族的三间，是等分的——这是朝汉民居在内部布局上的差异。朝鲜族人民的日常活动，都在汉族称为“堂”的中“间”进行。女人做家务，男人待客，小孩子看书学习，都在堂上席地而坐。入夜，推拉门将堂分成大小不等的房间，老人、主夫妇和孩子，在各自的房间就寝。

朝鲜族民居的另一大改进，是在开门和开窗上。房屋前后，都有门有窗，既便于自由出入，也保证了通风透气和充足的阳光。由于房子前后开门，所以，朝鲜族的房子处于住地的中心，前后有等距的院子。和汉族院子不同的是，它没有壁垒森严的围墙，只是以低矮的篱笆和木板为界，或者仅以种植的蔬菜、水果和树木限定区域。邻里相望，一目了然。

如果我们相信住宅和民族心理之间有重要的关联，那么朝鲜族民居也反映了这个民族的集体心理，与汉族作对照，更为明显。

朝鲜族文化是双向的、开放的，汉文化则是单向的、封闭的——朝鲜族民居，前后开门，“左右逢源”。在他们的民族心理中，没有歧视性的“左”

和“右”。也就是说，文化的“派系主义”并不明显，兼收并蓄，各取所长。比较起来，汉族的房子，只在一个方向开门，文化的指向性非常强，“左”“右”分明，“东”“西”对立，缺乏兼容性——凡是与儒家文化相通的，就接纳；凡是与此背离的，就拒绝。近代以来，“体用之争”“中西之辩”“土洋之分”和“全盘西化”等，都与文化的“方向性”有关。

朝鲜族文化是外向的，汉文化则是内向的；朝鲜族开诚布公，汉族戒备心理非常重。何以见得呢？朝鲜族民居都是单体建筑，一所房子孤立在住地中央，无所依靠，也无所隐藏。院子周围的篱笆，十分低矮，只有美化和象征性的分割作用，并无阻隔外来“入侵”的功用。汉族民居则是群体建筑，四面环伺，构成一个高墙重垒的封闭性建筑。它与外在环境有非常鲜明的界限，尤其是未经内部人允许，不得擅入，并有非常坚固的院墙阻止外部“侵入”，它是内外有别的，它对外来者充满冷漠和与生俱来的敌意，它城府深沉，隐藏着不可外泄的秘密。

防川——三国无情义

自图们市开始，中国和朝鲜以图们江为界，隔江相望。对岸，就是最后的社会主义营地——朝鲜。“三千里锦绣江山”，宜林宜农宜渔的好地方，老百姓居然连肚子也填不饱，还搞什么社会主义啊。因此，很多人预计，朝鲜快撑不住了。我倒有一个幸灾乐祸的看法——朝鲜有十分的必要继续保留下去，朝鲜不是朝鲜人的朝鲜，而是全世界人民的朝鲜，更是中国人民的朝鲜。

我倒不是“大国沙文主义”，想把朝鲜领土收归我有，而是说朝鲜存在的价值在于警醒中国的极左派——“原教旨主义”式的社会主义只会国破民穷。社会主义越正宗，人民生活的苦难和政治上的压迫也越深重。记性不好的左派、怀念毛时代的“革命”者、崇拜“英雄”和独裁者的年轻人，

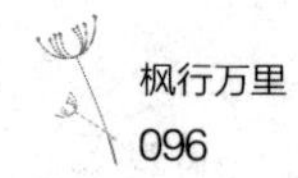

都可以到朝鲜走一走、看一看、学一学，了解一下什么是“社会主义”，什么是“真正的革命”，什么是“伟大的领袖”。

在“美帝国主义”面前，朝鲜表现出了“大无畏”的革命英雄主义气概。反过来，经济上越来越富足的中国反倒成了软柿子，任人把玩拿捏，这让年轻的“爱国者”颇不爽，不由得怀念起毛泽东时代的“丰功伟绩”来，也不由得对朝鲜同志刮目相看。

朝鲜的“硬”，是黔驴之技——道理很简单。就统治者来说，他不能给他的人民带来任何物质上的奖励，没有面包，也没有牛奶，剩下的只有在“帝国主义”面前耍横所带来的精神快感。不如此，独裁者拿什么调动人民的积极性啊。萨达姆所为，就是一例。独裁者如此，人民也“重死轻生”。一个人，除去身上的锁链，一无所有的话，革命精神肯定高涨。现在的朝鲜，就是这个状况。没有吃，没有穿，没有自主的精神娱乐活动，每天在饥饿的煎熬下度日。默默地饿死，“轻于鸿毛”，倒不如在战场上拼命，死得“重于泰山”。因此，人民也是“坚强”的，他们在盼望“第三次世界大战”。“上下同心”，在面对美国威胁的时候，自然具有“钢铁般的意志”。

说白了，无产者最革命。中国历史的悲剧，就在于每一次改朝换代都是“无产阶级”主导的。“无产阶级”的“革命性”无可置疑，可是，在“革命”的旗帜下，也隐藏着对财富和生命的极端蔑视——刘邦、项羽、朱元璋、张献忠、李自成以及满清入关，每一次“革命”都是对生命和财产的洗劫，如计算机复位，“一切从头再来”。西欧也有革命，但与中国不同，他们的革命大多是“贵族”、资产阶级和中产阶级发起的，“革命不够彻底”，但更理性。

历史不止是一个时间概念，也是一个空间范畴。朝鲜的现在，就是中国的过去；朝鲜给中国人提供了一个现成的“实习基地”，让我们重温“历史上的今天”中国人是如何生活的。出于这种考虑，我才说朝鲜继续下去是有价值的，只是苦了朝鲜人民。

时在雨季，图们江水和黄河一样“犯浑”。中国一边，公路沿着图们江伸展，透过树木的间隙，朝鲜境内的山川树木、村舍房屋，一一可见。和此岸的热火朝天相比，对岸要休闲、宁静得多。没有公路，也没有汽车，少有高大的树木，河岸以上直到山脚是起伏不定的草场，天色苍苍，原野茫茫，零星的朝鲜村落点缀其间，处变不惊，真是田园。“锦绣江山”，名不虚传。

约中午 12 点，到了目的地，中俄朝三国分界点。站在为一眼望三国修建的高台上，左手一指是俄罗斯，右手一指是朝鲜，身后是伟大的祖国。图们江洪涛不惊，从容向前，一直流到天地相接、云雾迷蒙的日本海。

图们江上，有一座铁路桥，将俄罗斯和朝鲜连成一体。地图上看，呈 U 字形，中国在内，朝鲜和俄罗斯分在两边。连接俄罗斯和朝鲜的铁路，恰似 U 字形的边沿，将中国紧紧遏制在距离日本海不到 10 千米的内陆。“白日依山尽，图们入海流。要看日本海，再上一层楼。”在中国国土上，用俄罗斯望远镜，越过朝鲜领土，据说能看到不远处的日本海。所以，中国一侧，修了一个瞭望塔；俄罗斯和朝鲜一侧，则不费这个力气——他们想看海，就直接去了，不用站在高处发什么思古爱国的深情。

以俄罗斯为背景，大家拼了命拍照，我也拼命地乱想——俄罗斯一边，真是一块风水宝地。天际线上，是相隔不远的两座半山，白云淡淡，流连其间。一望无际的草原，与半山相接，天苍苍，野茫茫，风吹云低无牛羊。一个俄罗斯小镇，坐落在草原之中，前临平湖，后依远山，红墙灰瓦，若隐若现。在我看来，是为乐土，“逝将去女，适彼乐土”——这或许就是契诃夫小说中所描绘的俄罗斯国土，辽阔悠远，神秘安详。

武汉速写（野史）

历史有两种，一正一野。正史写在纸上刻在碑上，其实可信度并不高，反倒是口口相传的野史更有说服力。我把在武汉的经历也分成正史和野史，意在区分两种不同的写法：正史比较规范，有模有样；野史随意，想怎么写就怎么写，一本行程的流水账。或者说，一雅一俗。内容呢，都是可靠真实的，并无虚言。

手机没了

到武汉发生的第一件事，就是把手机丢了——有一句成语叫“众叛亲离”，以前理解得不是很深刻，当我丢了手机的那一刻，这句话突然涌上心头。你想，没了手机，叫天天不应，叫地地不灵，亲娘老子也不知道你到哪儿了，谁也找不见你，你可不成“离亲叛众”的一分子了吗？要是国家有难朝廷用人，也指望不上你了，整个一废人，对社会全无用处。

武汉火车站和站前道路正在修，乱哄哄的一片，根本找不到方向。不过，也不必担心迷路。旅客通道的两边，围着一人多高的栅栏，人随着主流只能往前走。这种场面，让我想起屠宰场临上绞架的可怜的羊，它们最后的道路，就是这样狭窄的甬道——我们一直被驱赶着，左拐右拐，七绕八绕，出了站，到了大街上，然后一哄而散，真像一群获得自由的羊。

找不到公交车站，也看不见正规的出租车，在太阳底下站了半天——日头正毒，照耀着每一个人，不管你是否喜欢、是否适应。后来才知道，因为整修道路，堵车非常厉害，正式营运的出租车根本不到这里，给了黑车可乘之机。

无奈之下和另外三个人拼了一辆黑车，也算为环保做了贡献。可称善举的是，要是我不上车，黑车就不满员，黑车司机就会一直等下去。可怜了已经上车的三个人，挤在后排，空调不开，车厢里和桑拿浴场差不多。看在他们渴望的眼神上，我没和黑车司机理论太多就上了车。

在我之前，三个人都下车了。距离目的地还有一段距离时，我把手机随手放在车门把手上，整理我自己裤子口袋里的一大堆发票和零钱。这时目的地到了，我收拾东西下车，却把手机忘了，但我并没有发现。

发现手机没了，是吃了早餐、重新回到宾馆之后——想发一个短信，手机却哪儿也找不到了。头脑一热，回忆了一下，知道是丢在出租车上了。我马上给自己的手机拨号，回答是：您呼叫的手机已关机——黑心的司机，发了一笔外财。

但我觉得应该往好处想，“只要人人都献出一点爱，世界将变成美好的人间”。正是汶川地震时期，全国人民都在抗灾，我也参与了，这个司机觉悟也低不了——也许，他正在中国地质大学门外等我呢；也许，人家也在找我呢；也许，黑车司机只是车黑，心不黑，他比我都着急呢。想了这么多，就把感谢的话、见面的场景以及感谢的礼物都想好了——那种激动人心的场景，我们在电视里是经常见到的。

可是，等我到了中国地质大学门口，什么也没有。不过我热情不减，就坐车去武汉火车站找。“路漫漫兮”，何其遥远，坐在摇摇晃晃又十分燥热的公交车上，我居然睡着了，可见丢手机对我的伤害并不是不可承受——一切都是身外之物，手机也是，旧的不去，新的不来。据说，手机更新换代的周期也就是一年，而我的用了快两年了，只可惜了手机里的号码，有 300 多个，其中某些号码失去了就再也找不回来了。

到了我上黑车的地方，景象焕然一新——早上，很多黑车在这里揽活儿，现在，一个也没有了。我期望中让我激动的场面最终没有出现。我的希望破灭了，我的手机没了。在一个依靠手机编织社会网络的时代，我成了一个“漏网”之人，除非我被警察逮住，否则谁也不知道我是谁，谁也不知道我在哪儿——那种感觉，有点怪。

“地大”，大学里的土财主

再回到中国地质大学，已经中午了。手机丢了，心里也踏实了。一个人在校园里转悠，发现了一个不知道别人是否注意到的现象——中国地质大学是中国最富的大学。中国地质大学有一个石林，是一个校友捐赠的。这“石林”，不是石头，而是木化石。木化石的形成年代是在距今一亿五千万年到一亿年，“时间就是金钱”，一年算一分钱，一根木化石的价值也在百万元数量级，何况是一个石林呢。更可怕的是，中国地质大学对这些宝贝好像并不上心，就那么大模大样地摆在草地中间，既没有防护设施，也没有人员值守。

我想起一个典故——一个有钱人，钱多得藏不住了，最后想了一个土办法，吩咐家里的奴才，把所有的银子都融化了，然后铸成一个一个的大银球，银球又大又圆，抓不住也搬不走，就放在自家的院子里，任凭风吹日晒，马踢人踹。旁人见了，都说这才叫有钱，不过，背地里总是心里犯酸，说：真是一个土财主。

中国地质大学，在学术圈看来也是很土的——他们的学科土，总是和土打交道；人也土，整天背着一个工具包，在穷山恶水之间漫游。和坐在办公室里在 Internet 上指点江山的 IT 白领比起来，搞地质真的很土，也很辛苦。不过，他们的收获也是实实在在的无价之宝，就像那些木化石一样。或者说，中国地质大学就是中国大学中的“土财主”，看看那个“石林”，就知道“地大”是多么有钱了。

“地大”是中国地质大学的简称。以此类推，武汉还有“华中科技”“华中农大”以及“武大”。其他学校的简称，都没什么问题。只是武汉大学，简略为“武大”，似为不妥。因为提到“武大”总让人想起《水浒传》中“三寸丁谷树皮”的武大郎——不知道文化底蕴深厚的“武大”人是否想到这一点。

实际上，把“地大”说成“土财主”，只是一个玩笑。因为，发现这些木化石是需要慧眼的。没有丰富的知识和艰苦的探索，这些木化石肯定依然埋在深山里，无人得识，无人得见，也就没有人能知道其蕴含的历史价值了。作为发现者的科学家，都是了不起的，都是值得尊敬的。我数了数挂在中国地质大学招待所墙壁上“地大”出身的院士，一共有45位。我几乎不相信自己的眼睛和算术能力。在中国，“院士”就是学术的尖儿，能攀登到这个顶峰的，非常人也。一个中国地质大学，居然出了45名院士，令我叹服——特别需要说明的是，他们都是科学院院士。

历史是不会骗人的，骗人的是历史“解说员”，即所谓的“历史学家”——一种意识形态主导下的历史和另一种意识形态主导下的历史，结论也许截然不同。不过，这是对人类的历史来说的。有了人，就有了“阶级”，不同的阶级就形成了对历史的不同解读。只有一种历史是“客观、公正”的，这就是人类诞生之前的史实——中国地质大学逸夫地质博物馆，展示了地球的成长史。

门票40元，我通过关系打了五折——我说我是在地质大学开会的“嘉宾”，既然是“嘉宾”，就应该受到优待。我的“理论”很管用，售票员和检票员都为我开了绿灯。第三天是“六一”儿童节，很多孩子在家长的陪同下也来看展览，成群结伙，嘻嘻哈哈，只有我是一个人看的。

大门对面墙上，是一个“远古的足迹”，是地球上最大的动物恐龙某一次在河边畅饮时留下的脚印。200多平方米的巨大岩体，顶天立地，占了一面墙，表面平整，稍有起伏，据说是洪水冲积形成的河边滩涂，经过数亿年地质变化之后形成的，“沧海桑田”是也。我看了半天，什么也没看出来，灰色岩面上没有恐龙光顾的痕迹，心想，恐龙轻功了得，“踏泥无痕”啊，也不好问别人，好像自己没有眼力。不过，等到看完了展览后再看，我的鉴赏力上了一个新台阶，岩面左上角，有三只脚印浅浅地印在“泥地”上，清晰完整，一一可辨。

恐龙是地球上最可骄傲的动物，也许是太骄傲了，上帝看不惯，就将它灭了——上帝是谁？它有没有？它在哪儿？这些问题自从有了人类，就成了一个永恒的难题。当我们截断历史，认为地球是天然的，是本来就有的；认为人是先验的，本来就存在的，那么，上帝就无所谓有无所谓无。可一旦我们追溯地球、生命，甚至是一滴海水以及一块顽石的起源时，我们就不能不将所有的成果归功于万能的上帝。

而且，据我看来，孕育地球、分割天地、疏浚江河、创造生命、呼唤风雨、激励雷电等工作量实在是太大了，就算是无所不能的上帝，也不是一时间完成的，而是上帝呕心沥血的贡献——我们不得不感叹，地球是一个奇迹，生命是一个奇迹，每一次花开，每一次雨落，每一次潮起，每一次风过，都是值得我们尊敬、值得我们拜服的奇迹。每一个人，都是伟大的；每一个人，都是神奇的；每一个人，都无愧于上帝的杰作；每一个人，都是上帝千百次试验的产物。与每一个人之间微不足道的差异比起来，上帝在我们身上所赋予的均等的生命特质，才是最重要的，才是最有价值的。我，你，他，我们和帝王将相，一样的高贵，一样的伟大神奇，在这层意义上，人群之间所有不平等的概念、理论和宗教，是多么的可笑和可悲啊！

时间会改造一切，它会变神奇为腐朽，也会化腐朽为神奇——在地质博物馆内，有一个恐龙大便化石，比起恐龙骨骼、恐龙蛋，大便更难保存，因此，这块化石更显珍贵。不过，我看体积不够大，照恐龙的体量，应该有更大的规模。显然，那个随地拉撒的恐龙，不知道他的大便会成为人人瞻仰的“化石”，否则，它肯定会“一泻千里”。

篮球和“华中科技”

对“华中科技”（即华中科技大学）仰慕已久——我有一个最要好的硕士同学是华中科技大学的本科毕业生。在我的经历中，这位同学的才智是最为出众的。用现在的流行语说，就是“太有才了”。如果才智也可以计量，可以分出等级的话，他肯定是“一品”，而大多数人，也就是“九品”，我也是“九品”。这位同学给我印象极好，我也连带对“华中科技”心生好感，毕竟他是“华中科技”培养出来的。

这样说来，一个学校，一定要善待学生。一方面，学生是你的“衣食父母”，我们所得，全是学生家长所出；另一方面，毕业的学生，都是学校的活广告。千万不要像“南大”（南开大学的简称）一样前倨而后恭，错待了自己最著名的学生周恩来。

话说周恩来在南开中学和南开大学念书，因为经常参加革命活动而被学校开除——当然，是迫于军阀的胁迫，不得已而为之——这对周同学来说，是一个不小的打击。若干年后，中国共产党在重庆和国民党谈判，周恩来遇见了自己的老校长张伯苓先生。见到自己的学生如今这么有出息，张伯苓自然是喜出望外，可是让他没有想到的是，周恩来对张伯苓说：“我是爱南开的，可是南开并不爱我。”不过，这没有难倒“南大”人，如今，南开大学的校园里，有一个专门纪念周恩来的纪念碑，纪念碑上刻着一行字：“我是爱南开的”，后半句省略了。

“华中科技”坐北朝南，背后是瑜伽山，翻过这座山，就是东湖。“华中科技”的校园，就在瑜伽山南面的大片坡地上。进得门来，只见树木葱茏，建筑威严，好一座堂堂学府。有一古稀老者，在树林深处的空地上，猿行鹤舞，身手十分了得。我想看个究竟，就走近观瞧。可等我到了跟前，老人已经歇了，独坐在一条青石上，摇起了扇子来。

再向前行，忽见一片开阔之地，叮咚作响，人影翻飞——原来是“华中科技”的篮球场。篮球场在一个下沉式的空地上，南北围墙，东西以灌木分割，约有30个场地，一眼看去，甚是开阔壮观，比起用铁丝网围挡的操场，既开放又便于学生出入。我也乘虚而入，恰好一个场地上“五缺一”——分成两个组对抗的话，少一个人——我就补了这个“缺”，和5个学生一起Play（玩）起来。

我穿着短裤和皮鞋，运动起来有所不便。但我是热爱运动的，有条件，要运动；没有条件，克服困难，也要运动。和我一起玩的5个孩子，来自陕西，他们的面貌虽然有所改观，可是一说话就是一股难以更改的“西北风”，乡音未衰。看着天色将晚，我只好和他们话别，再去其他地方看看。

“华中科技”的占地面积，在国内大学中算是大的。天色暗了下来，我一个人左看看右看看，来到了一家特色小吃城——东西南北中，各地的小吃在橱窗里依次摆开，我一路看过去，没有找到自己想吃的。要了一碗武汉本地的热干面，聊以充饥。对武汉人来说，“热干面”是他们的最爱，几乎人人吃，天天吃。可是，对我来说，热干面味道太浓了，吃不下去。鲁迅先生说：越是民族的，越是世界的。大家也都信以为真，全盘接受下来。以热干面为例，我觉得这个道理不通——“热干面”乡土气十足，但对我来说，未必上乘。中华民族的东西，有些是可以推销给全世界的；有些，则未必。

“华中科技”校园内，还有一个具有一定规模的自由市场——蔬菜、水果、服装、面向学生的廉价日用品、肉类海鲜以及少数专卖店，高中低档，各色杂陈。学术上的开放性如何我不敢说，可就市场中的商品来看，“华中科技”是具有“兼容并包，囊括天下”的胸怀的。大学之大，有容乃大；市场如此，学术也一样。

大有大的难处，校园面积大了，学生的往来和外人来访就有不便。学府就像一座王府一样深远，从校门走到校园尽头，很费时间和体力。为此，“华中科技”开设了一种循环式电动车，在校园内绕行，不拘时间，满员就走，一人一块钱。既可代步，也可借此一览学校风景，还可以解决若干人的就业问题，一举多得。国内大学，面积和“华中科技”不相上下的不在少数，如清华、北大，可是，开设电动车的，“华中科技”是我仅见。

“华中科技”另有一个特殊之处，值得我说出来，供大家思考——“华中科技”的校园是“平”的。大凡学校，总有人行道和马路，并有花坛、绿地以及各种道路设施。我去过的所有学校，都有高下之分，即道路最低，其上是人行道，再上是绿地，再上是花坛。或者说，地面上有多少种摆设，就会有多少层次之分。与此不同，“华中科技”校园是平的，道路和人行道，没有区分；人行道和绿地、和种树的树坑，也不区分。既没有围栏分割，也没有高下之别，整个校园，一马平川，特别利于通行。一方面，行人不必担心台阶，自行车也可任意驰骋，机动车的可行区域也拓宽了；另一方面，由于行人、自行车和机动车可以共享道路，道路的宽度也大大缩小了——这种模式，是否适于在城市范围内推广，值得研究。

比如北京，高架桥、环形路以及封闭的高速路，都是专用的；道路之间，又以栏杆分隔，看上去井然有序，实际上浪费了大量资源。自行车不能利用机动车道，行人又不能分享自行车道，各自独立。我们经常看到一条道路上相向而行的车流，一边车行如飞，另一边在蠕动，原因就在于栏杆是死的，不能柔性地适应车流的变化。要是把所有栏杆都撤掉，把所有道路之间的“壁垒”都拆除，把北京变成北“平”，或许北京的交通会大有改观。

花园酒店和曾侯乙墓

开会的场地是向花园酒店租用的，这是一家非常豪华的大酒店。大堂内金碧辉煌，所有陈设无不展示着改革开放的伟大成就——中国人民富起来了。上午9：00，会议在临湖的二楼大厅正式开始。窗外是东湖，水光潋滟，晴空正好，独木舟在水面上游移，看上去很悠闲，实际上是中国皮划艇队在备战2008北京奥运会。他们的内心，估计和外面的天气一样焦躁。行行出

状元，哪一行的状元也不清闲。

会议议程一如既往，领导们依次讲话，有欢迎的，有感谢的，有祝贺的，也有帮闲的，反正都是有例可循的。不是太笨的人，是不会出差错的；反过来，就算你想说点真心话，搞出点新名堂，也是枉然。原因是“劣币驱逐良币”，大家默认这些话是没用的，没有人认真听，你认真讲了，也只能是被淹没在泡沫声中。

有些环节是不能忽视的，比如照相，比如茶歇和自助式午餐。一方面，这是沙龙式交流的好机会；另一方面，会议之成败，很多时候倚重茶歇的品质和自助餐的味道。照相是“中国风”——领导坐着，大家站着；领导在中间，大家在两边。茶歇已经全盘西化。自助餐比较好，中西合璧，“中学为体，西学为用”，老学究的道理着实经久耐用。程序和形式，分餐、自助，各取所需，是西方的规矩；盘子里的食物却都是中国风味。

总有人担心，只要和国际接轨，中国的东西就会被消灭，就会全盘西化。依我看，这都是大惊小怪，或者是自信不足所带来的心理问题——丢掉的，肯定是不好的东西，要不得的部分；留下的，一定是“味道好极了”的美味佳肴。中国料理打遍天下无敌手，就是这个道理；与此相反，专制愚昧的体制，再怎么保护，也会腐朽坍塌，根本保不住。

好不容易到了午餐时间——男人衣冠楚楚，女人神采奕奕，每一个人都被四处扩散的香气调动起来，洋溢着青春的光芒，亮度超过了不锈钢刀叉的光泽。大厅里，只有刀叉撞击杯盘的声响、轻柔的脚步声和偶尔的窃窃私语。让人不禁感叹，国人也有今天——原本这种生活是属于腐朽没落的资产阶级的。

下午是分组讨论，我一直坚持着，有时能捕捉到一两个熟悉的英文单词，证明自己在英语方面曾经用过功。

出了花园酒店，成了自由人，好像大清皇帝出了宫，有一种微服私访的快意。看站牌，有到湖北省博物馆的，定了目标，就是它了。不过，不是一个人了，这时一位来自黑龙江的女老师也想去看看，我们遂结伴同行。

到了站，已经快下午 4 点了，而博物馆的下班时间就是 4 点；另外，博物馆不收门票，可是必须预约。我和门卫商量，我们远道而来，今天不看，就没时间了。门卫问，你们什么时候离开？我说，今天晚上。他说，那你把火车票拿出来，我看看。我拿出来火车票，是第二天的。门卫笑了，没再和我计较，说："去吧，快点，快下班了。"

我们直奔曾侯乙墓展厅——早就听过曾侯的大名，果真见了，依然让人肃然起敬。最想不到的是，他用的九鼎八簋，形制巨大，天下无双。不亲眼所见，是难以想象那种压倒性的霸王气象的。依礼制，九鼎八簋是天子重器，是帝王权势的象征，"问鼎""一言九鼎""鼎力"，都有这个意思。

除了九鼎八簋，曾侯乙墓还有一系列和吃喝相关的青铜器，例如豆、缶、鉴以及最早的烧烤架子，每一样都是精工细作，而且规模巨大，远远超出了一个人所需的尺度。只看这些器具，好像曾侯及其臣僚都是一帮酒肉之徒，太看重吃了。是不是我们的祖先总是吃不饱，所以才"以食为天"呢？我想问题的答案是，曾侯并不关心"吃"什么以及"吃"的功用，他真正关心的是"吃"的象征意义和"吃"的仪礼。如果只是为了"吃"饱肚子，"一箪食一瓢饮"，或者一鼎一簋，也就够了。可要是通"吃"天下，没有"九鼎八簋"则不足以服人、不足以吓唬人。也就是说，曾侯不是好"吃"，而是好"吃"所代表的权力，是好"天下"——中国文化的所有，都是权力的装饰品，这一切都以"礼制"明示，"礼仪之邦"尽出于此。

很多人纳闷，也郁闷，为什么曾经的"礼仪大国"，到了今天，却全无"礼数"可言呢？"非礼之言，非礼之视，非礼之听，非礼之行"，比比皆是。只因为时代不同了，人人都一样，吃自己碗里的饭不需要看天子的脸色，也不需要任何人的赏赐。既如此，那些不合潮流的"礼"还有什么用呢？何不"弃之如敝屣"呢？

2008 年 8 月 4 日

东京浅草寺

东京浅草

浅草塔几重，

斜雨秋意浓。

身是他乡客，

心想故国人。

一一银杏落，

且听古寺空。

更待西风起，

云黛枫叶红。

东京浅草（现代版）

浅草的五重塔

藏在淡淡的烟雨之中

挺拔、俊俏

好像一位忧郁的美人

亭亭玉立

一个在此漫游的外乡人

似有所思、所想

远在故国的娇娘

是否有一样的心情

一颗，又一颗银杏

落在湿润闪亮的石板上

啪嗒、啪嗒

回声充满了幽静的浅草寺

有一些秋风

渲染着摇曳的枫叶

云深如黛

映照着季节的黄昏，灼灼似火

备注：浅草寺是日本有名的寺院，也是游客云集之地。我2008年10月6日去的时候，正在下雨。和北京不同的是，东京的雨没完没了，缠绵不绝。或许是天气的原因，浅草寺游客不多。寺院内的五重塔在重修，不开放，但这并不影响人们欣赏它的形态。和中国佛塔扎实敦厚、略显“肥胖”的身姿比起来，五重塔瘦得多，薄阴的天气之下，显得挺拔俊秀，可用什么语言来描述呢，我也说不好，只好用“美女”作比。

寺内的银杏树，叶子微黄。银杏果偶然落在雨水冲洗之后的石板上，咯咯有声，远处也听得见。银杏三三两两散落着，没人捡——日本人不贪图这个便宜。我趁四下无人，拿了四颗——罪莫大焉。

为此，我写了这么一段文字。文字而已，看上去像诗，但不是诗歌——赵忠祥为“神七”写了献礼诗歌之后，受到了“专家”的批评。为了避免别人说我，避免麻烦“专家”，我就不把我写的叫作诗了。以前，我也没叫过。但我也想提醒“专家”们，赵忠祥写点东西，也不容易，他不是诗人，也没有以此谋名谋利，“专家”们不该这么“严以律人”——比起律诗的平仄格律来，倒是赵忠祥自我娱乐的权利更重要。

“专家”们把时间花在其他事情上或许更重要一些，比如分析分析讲话有多少层含义，告诉民众，以免大家糊涂，理解错了。这才是正事，窃以为。

2008年10月7日0：30（东京时间）
于东京私立武藏大学俱乐部

微山湖的秋天

秋天是北京上好的季节，这个时候在北京玩儿，恰逢其时。不过，我不是贪图安逸之人，就像大清国的皇帝，每到秋天，都要浩浩荡荡地开赴木兰围场，举行狩猎活动一样。我们也仿照古人的生活，到更广阔的世界里寻找更好的景色。这叫猎色，非美人之色，而是自然之色。

江湖之远

微山湖深处，有一个高楼乡，高楼乡有一处水上人家；水上人家有一条船，船停在水色荡漾的湖汊里；有一块七尺长的木板，搭在河岸和船舷之间。木板上有一行字：徐州黑社会老大丁老板丁柱，落款 2008 年 10 月 5 日——我是一个“无事生非”的人，看见这一行字，来了精神，就问船上的老乡，这是谁的大作。

时值正午，老乡们正在吃饭，一家老小从容不迫。上了年纪的老乡说：是他孙子写的。我说：“写得不错，功夫深厚，入木三分。”老乡知道我在说笑，解释说：他孙子上二年级，一个人练字，没有宽敞的地方，就写到木板上了。我说：“哪一位是丁柱啊？”老乡说：“他不在，去徐州了。”

望着无比宽广的湖水，我想，丁柱丁老大也许去徐州视察自己的地盘了。

湖水茫茫，老大安在？“居庙堂之高则忧其民，处江湖之远则忧其君”——这是中国士大夫的道德准则。我小时候，我们的志向是“胸怀祖国，放眼世界”，和历史上的儒士相比，20 世纪 60 年代出生的人，站在伟人的肩膀上，眼界更为远大。这几年，儒学开始回潮，“天行健，君子以自强不息；地势坤，君子以厚德载物”成为很多大学的校训。这种教育又犯了高高在上的老毛病，听上去很有学问，做起来却不知道如何下手。所以，我认为效果不见得好。丁柱的题字，印证了我的看法——他的理想是做一个黑社会老大，黑社会老大名声不好，可是实惠，吃香的喝辣的，香车美女，比什么“自强不息”“厚德载物”好操作。

在多数人的想象中，微山湖烟波浩渺，水天一色，“天苍苍水茫茫，风吹荷花鸟飞翔”。或许，以前如此。我们熟知的铁道游击队，在津浦线上“爬了火车，搞了机枪”之后，就是以微山湖的芦苇荡作为藏身之地，与日本鬼子周旋的。可是，我们见到的微山湖，已经改变了模样。微山湖的水面，和中国农村的土地一样，分片承包给了一家一户的渔民。水波苍茫、波涛连天的微山湖支离破碎，好像一片片池塘拼接起来的沼泽地。

渔民自家的水面，每隔三五米都打了木桩。有的木桩是很细的竹竿，随波摇晃，只是一个分隔标志；有的则是水泥柱，基础扎实，不可动摇。木桩之间围着丝网，人、鱼和船都不能越界，只能在各家水面之外的“公共水道”活动，这让我想起了北京的胡同。如此复杂的“水道”，别说日本鬼子，就连我们这些本国同胞，也分不清东西南北。

我们乘坐的游船，就在渔民“自留水面”分割之后的湖面上穿行。忽左忽右，迂回婉转，“山重水复疑无路，柳暗花明又一村”——传统中国美学，直太露太白，不为美；曲由深及远，才是美的境界。所以，渔民分割湖面，虽是经济的打算，但也暗含了美学的意境。荷花谢了，荷叶的边沿燃着焦黄，荷茎密密匝匝横逸斜出，参差错乱中有一些天然的节律，自然和谐；芦苇高出荷花，苍茫一片，清风吹过，沙沙的芦苇声如军人急行的脚步；远处的湖岸上，散列着白杨，杨树叶子落了大半，稀疏的叶子挂在树枝上，如南回的大雁栖息休整，再随风而去一样。树下，野草如烟，缭绕其间，或淡或浓，迤逦了湖岸。

偶尔，有一间渔民的小屋，低墙短檐，灰砖红瓦，门窗大开，却不见一个人的身影。风景说不上绝好，但宜农宜渔，前临平湖，后有丛林，一边是油绿的青菜，另一边是半黄的稻谷，鸡鸣犬吠，野鸭戏水，秋日午后散漫的阳光穿过树林、乱草，播撒在微波粼粼的水面上，随波荡漾——这就是中国人向往的“江湖”。

抱犊崮之高

山东甲天下者，一山一水一圣人。山是泰山，水是济南府的趵突泉，圣人乃千古师表孔夫子。山东人不管到哪儿，底气特足，倚仗的就是这“三宝”。泰山为五岳之首，秦始皇封的，汉武帝赏的，历代皇帝参拜过的，是官方指定的天下第一名山；其他名山，黄山也好，庐山也罢，风景再好，也仅是“草根英雄”，和海选之后的“超女”地位差不多。趵突泉独步天下，孔夫子千年不衰，比万岁爷长久得多，是无可争议的“天下第一家”。

抱犊崮名声有限，此前我也没听说过，只能算是地方性品牌。放之海内，就成了“小巫见大巫”了。不过，抱犊崮很有特点，它的外观大致像一个女人的乳房，山麓逐渐隆起，连绵延续，并不突兀，到了山顶，却异峰突起，恰似半圆形的乳房上孤立的乳头，与天相接，直破青云。

上山有两种选择：之一，坐缆车直达“乳房”顶部，然后徒步登上“乳头”；之二，沿着盘山小路步行，在“乳房”顶部与坐缆车的人马会合，再爬到“乳头”上面，到达最高处。为了赶时间，组织者让大家坐缆车上山，不爬了。这个建议当即遭到一部分自然爱好者的反对。他们说，山就是要爬的，坐缆车既没意思，又肥了导游的钱包，何苦呢。为此，本来统一的队伍发生了严重分裂。领导们像葛大爷一样感叹：人心散了，队伍不好带了。

多数人坐缆车去了，余下 9 个人成了“散兵”，离开“大部队”，雄心

万丈，开始爬山——任何一种集体目标的达成，总是以牺牲一部分人的个人偏好为代价的。这就意味着，组织是禁锢个人自由的坟墓。和谐民主的组织，也不例外。以此次登山为例，如果以多数投票为原则，则另外9个人的意愿，必然受到扼制和压抑——程序民主并不必然带来结果的美好。更坏的结果是，集体目标之形成，仅仅是独裁者的“意旨”，却以“民意”代表的面目出现。所有其他人的愿望、爱好和理想，置之不理，社会在一个人的威权下唯唯诺诺——计划经济时期的“整齐划一”由此而生。换言之，集体主义的最高境界必然是“个人”的消失，留下的只有千人一面。

我也在9人之列，自由主义分子之一。山上的小路实属平常，只见得黄色的山菊花，星散在矮树之下的乱草丛中。我们无意于路边的风景，急行赶路，到了“乳头”的下面。再往上，怪石当道，危岩耸立，攀附而上，路转景移，周围的田野尽在眼底——“会当凌绝顶，一览众山小”，站在“乳头”上面，群山莽莽，云海苍苍，透过雾蒙蒙的天空，能看到山谷里收割之后的梯田在半山上缠绕，以及藏在一片绿色中的安静村落。

此时，我最大的愿望是登高一跃，融化在蓝天里——“你看，多么蓝的天哪，一直走下去，你就会融化在蓝天里，走吧，一直往前走，别往两边看，杜丘你往下跳啊，招仓跳下去了，唐塔也跳下去了……”这是《追捕》里非常经典的台词，之所以成为经典，是因为它反映了多数人的心声——凡是遇到美好的风景，人就希望成为风景的一部分，如鱼水相欢，融为一体；如雁过长空，却无痕迹。人生之于历史，大多如此，大都如此。历史如天空一样永恒；人，像飞鸟一样匆匆掠过，除了孤独的回声，再无所遗所存。

2009年1月7日

备注：这是一篇后记，写的是2008年10月底到山东微山湖以及抱犊崮所见。山东地灵人杰，这只是开篇，以后有机会再写，但最好的赞美，一定留给青岛——原因是什么，有人知道。

廊桥的影子

江南多雨，也多桥，廊桥只是桥的一种。若是早春，细雨霏霏，廊桥两端挂满了青翠的藤蔓，桥头的老榕树，枯黄的叶子中间泛着新绿，与廊桥相映。桥下的溪水，浅流不息，波光迷蒙，听得见哗哗的水声，却看不到廊桥和老树清晰的倒影。

我正是这样想着，来看廊桥的。温州泰顺，有若干座明清年间修成的廊桥，以前默默无闻，最近大有名气。再加上大力的宣传和美化，廊桥几乎成了城里人追忆旧日时光的象征。

泗溪有两座廊桥，一座在东溪，另一座在北涧，是两座姊妹桥。在东溪的名为溪东桥，始建于明隆庆四年（1570），清乾隆十年（1745）、道光七年（1827）重修过。桥长约40米，宽约6米。但这样，是不足以吸引人的。廊桥之成名，一是在于它的主体全部是木构的，叠梁设计，层叠交叉的木头相互咬合，不用一根钉子；二是它桥身上加了一个盖，就像城管队员戴的大檐帽，四角长檐，将桥面围得严严实实，使木桥和行人免受风雨之苦，因此也有人叫它风雨桥。

乡土中国没有公共场所——西方社会，每一个乡村都有一间教堂，教堂的功能并不限于拜会上帝，更多的时候，人们聚集于此不是为了上帝，而是为了自己。大家谈天说地，窃窃私语，议论朝政，也传播流言蜚语，廊桥兼有聚会的功能。也就是说，廊桥有风挡风，有雨遮雨，既没有风也没有雨的天气，它就“兴风作雨”——极少数“坏女人”，就可能把安静的村庄，搅

得满是风雨。

廊桥内部并列着两排粗壮的柱子，之上是斗拱结构的屋顶。在我看来，廊桥是“二合一”的结果，下边是桥，上边是房子；合二为一，有点新意，分开则桥归桥屋归屋，并无特别之处。廊桥内部阳光不足，原色廊柱，经久泛土，就像一座弃之不用的老房子，烟尘中混合着一股衰败的气息，让我不由得加快了脚步。

来到北涧桥的时候，雨下大了。桥头的屋檐下，有一个摆小摊的男人，他只卖茶叶蛋；他对面，两个年龄相仿的男子，背靠廊桥，有一句没一句地聊着什么。雨大，没法干活儿，他们只好在这里看雨。我本来要赶往下一站的，也作罢。买了一包烟，一边抽烟听雨，一边游览出售工艺品的小店。

这家店，与廊桥一体。推开狭小的木窗，就可以看到雨中廊桥的全景。我问小店的老板感觉如何。她说，看得久了，也没什么感觉。显然，她的心思也不在风景，而在看风景的人。她不厌其烦地把店铺里所有的商品介绍给我，我也没让她失望，买了 4 包本地的土特产——只有包装，没有产地和厂家等信息。

人生是一个追求理想的过程，也许不能实现，可理想永在，也永远美好；旅行则相反，广告和传说中美好的风景，一旦到了眼前，失望的倒是多数。泰顺廊桥，不过如此——当然，要是发生廊桥艳遇盖当别论。过河拆桥是忘恩负义的，我不能为，更何况廊桥是受到国家保护的重点文物。不过，过河骂桥，应该在法律许可范围之内。

2009 年 3 月 6 日

于南麂岛

泗水山庄

“独在他乡为异客，要是下雨倍思亲。灯笼高挂庭院深，泗水山庄只一人”——这一人，就是寡人。因为雨大，没有办法继续前进，我决定留下来，住在泗水山庄，一家以农家乐为生意的乡村旅店。

泗水山庄的前面是一条浑黄的河流，背后白云翩翩、竹木繁茂。山庄的格局是标准的四合院，两层，木构。与北京四合院不同的是，进门那一面，只有一道门，并没有盖房子。不过，要是论价钱，这道门也许是最值钱的。木门是从别处移过来的，门板足有两寸厚，木纹斑驳，横不平竖不直，造型单调，做工粗糙，显然是为旧时普通人家所用。山庄以此为门，一来显示主人好古，二来表示这个地方治安良好，大门更多起一个装饰作用。

我和前台讨价还价一番，说定70元钱一个晚上。房间不大，有卫生间、电视、空调、电热水器，一应俱全。可是，没有电——泰顺在国内，以小水电闻名。可能雨季没到，水电不足。院子里的柴油发电机嗡嗡地响，暂解照明之急。

我点了两个菜，农家牛杂和家常豆腐，又要了一份面食，面疙瘩。后来发现，他们说的面疙瘩，和北方的揪片是一样的。无酒不欢，我又要了半斤当地自产的米酒，颜色微红，带一点甜味，加热喝，可解水寒——在南方阴冷的早春暮色中，薄酒浓寒，斜风细雨，独饮而无歌，乐在其中。

我是一个“不甘寂寞”的人，就约店小二坐下来，和我一起喝。店小二不敢，我就约店老板。店老板衣着体面，是那种一眼就能看出来的能人。

我大拍马屁，说他如何厉害。本来店老板也“扭扭捏捏”，被我这么大肆引诱，也受不了了。我把我坐的长凳让给他，自己从旁边的八仙桌边上拽过来一只短凳，招呼店小二加酒，酒钱我付，店老板禁不住坐下来。

果然，店老板有过公职，曾经在泰顺县林业局做事。后来，专门做儿童玩具的出口贸易，走南闯北，也是一条好汉。退休之后，开了这家旅店，投资130多万元。长期雇员28人，旺季忙不过来的时候，也请一些临时工。员工的工资，从900元到1200元不等，其中，跑堂的、服务员、杂役的工资较低，大厨收入最高。

我说包吃包住的话，收入不低了。算起来，在这里拿900元，相当于北京上海挣3000元。再说，金融危机来了，大学生也找不到工作。在本地，能有这样的收入，员工们谢天谢地了。菜量很大，味道尚佳。牛杂不仅给得多，切块也“大大方方”，很像武二郎“大块吃肉大碗喝酒”的阵势。我又接着表扬老板，说：“你这里最大的坏处是菜量太大了，我根本吃不了。”

山庄里，外人只有我一个。二楼有一桌筵席，他们喝酒划拳，不亦乐乎。我来的时候，他们已经开战了。他们是本地的，是附近镇上的镇长在犒劳兄弟单位和自己的下属。据说，是为了庆祝全国人民代表大会的召开。

在我吃饭时，他们吃完了，纷纷从楼上下来，和店老板打招呼。店老板坐不住，不停地起身致意。我也吃饱了，每样菜都剩了1/4。

我踩着木楼梯，一个人咚咚咚地上楼，脚步声在院子里回荡，经久不息。雨夜的天空，一无所有，只有路灯惨淡的微光，与昏昏欲睡的红灯笼彼此照应。墙外传来浩瀚的水流声，我幻想着雨水形成的山洪正在暴涨。我有点担心，怕这个院子被洪水冲跑了，在我做梦的时候；又怕夜里来了鬼魅，即便自问没有做过亏心事不怕鬼敲门，可这里的鬼未必了解我，误伤游人和友人的也是有的。又过了一会儿，红灯笼和墙外的路灯，先后灭了，空谷绝响，万籁俱寂，泗水山庄的一切淹没在黑夜的深处。

我也在其中。

早晨起来，一个人提着箱子，走出泗水山庄。山庄里没有一个人，大家都睡着。我回头关上门，走在雨后泥泞的小路上，雨点噼噼啪啪落在伞上，和打在芭蕉叶上的响声有些相似。雨，是南方初春再常见不过的了；听雨的，却是一只来自遥远北方的“孤独的狼”。

2009 年 3 月 6 日 21：27

于温州南麂岛

南麂岛两日

引子——大陆与海岛

内陆人对海和海岛有一种说不出的向往。古代，人们都相信神仙们住在蓬莱三岛——那里祥云飘飘，炊烟袅袅，房屋俨然，鸡犬之声相邀；要什么有什么，谁也不会为柴米油盐发愁，每一个人都衣冠楚楚文质彬彬；男人像高山一样雄壮，女人像清泉一样秀美；社会安定，人民和谐，一派升平气象。

秦始皇曾经派了一个规模庞大的童男童女代表团，出海寻找海上仙山；汉武帝也如法炮制。不仅是汉族对大海充满了好奇和渴望，所有居住在内陆深处的人，都有这样的幻想。藏族人把高原平湖叫“海”；北京也是一个“海”上城市，“北海”“后海”“中南海”“什刹海”，可以想象到老北京人都是住在“海”边的，而不是像现在这样“开门见山”——一开门，就是看不到顶的水泥柱子，有时，还歪歪斜斜，一副大事不好房子要倒的样子。

去年，我弟弟来北京，我带他去什刹海。从新街口一路走过去，大概是走错了路，走了很长时间也没找到什刹海，我问身边一位五十岁左右的大妈：

“大妈，往什刹湖怎么走啊?”

大妈翻了一下白眼，没说话。我不知深浅，又问：

“大妈，去什刹湖怎么走啊?”

大妈没好气地说：“北京没有什刹湖，只有什刹海。”

我可不知道大妈会为此生气，接着说：“不就是一个湖吗？为什么偏偏叫海呢。”

老大妈坚定地说：“北京的湖，就是海!”好像说湖侮辱了“什刹海”的“人格”一样。

这个引子，说明内陆人对海的感情是多么深厚。其实，我也是爱海的。面向大海，心潮澎湃，把自己的脚丫子泡在海水里，让海浪一遍一遍地冲洗，看夕阳向西，美好的感觉，只有一个字“爽”。不过，这只是想象的生活，具体是什么样的呢，请跟我来。

第一日——南麂风情

南麂岛位于浙江省东南部海面，距离最近的大陆港口鳌江只有30海里，也就是50多千米。风平的时候，载客百余人的快艇40分钟即可到达。可要是风起浪大就不好说了——海运局客运管理处的规定是：风速八级及以下，可以开航；八级以上，就要停航。

停航的日子，南麂岛就是一座孤悬在苍茫海浪中的一艘永不沉没的航空母舰。

3月是旅游淡季，即便如此，我也没有想到去南麂岛看风景的只有我一个人，其余的人都有各种正当理由——有当地居民回岛的，有上岛工作的，总之也就不到20个人。

船中午11：30开，我一大早从泰顺赶来，早饭也没吃，问了售票员，今天有船，放了心，也觉着肚子饿了。

鳌江码头对面，有两家饭馆，一家是大排档——米饭管饱，菜自己点，蔬菜的花样不少，可都是水煮的，看不见油星儿，颜色也很暗淡；肉菜则是另一个极端，放了最多的酱油，浮现着化不开的油腻。来吃饭的，大约是常客，他们很熟练地端着山一样高的米饭，挑了几样菜，就很有胃口地吃起来了。

我去另一家小馆子，要了一碗肉末面。这里的面条，大约是半熟的，既不是北方的现吃现做，也不是挂面。现吃现做的最好，可比较费时间；挂面口感欠佳。这种面条走的是“中庸之道”——日本的面食，都是这种半成品。但不同的是，日本的面条是工厂化生产的，规模大、质量稳定，价格也便宜，这个小店估计是自己预先做好的。要是能推广开，于己于人，都是大有好处的。值得记忆的是，一碗面三块钱，在 21 世纪的今天，居然有价格如此低廉、味道如此鲜美的大碗面，真是稀罕。

用膳已毕，在饭馆对面的超市买了两包纸巾，其中一包是湿纸巾——此后两天，我将远离商品社会，进入一个自给自足的世界，所有的用品或自己解决，或求助于他人，反正钱不起作用了。有钱，也买不到你想要的任何东西。

多年来“行走江湖”的经验，让我自信，没有什么颠簸是我受不了的——去九寨沟、去壶口瀑布的中途，从深圳到珠海的高速客船，我都视之若无，没有任何不良反应。这一次，我自然也想不到会晕船，只是到了南麂岛，才认识到难以述说的胃部不适。身体健康的感觉，与身体有恙的时候，是不一样的。这种感觉是人身体的自然反应，并非个人理性可以控制的。显然，这是人类进化的成果，目的在于给人警示：不要蛮干，否则，就超过你身体允许的极限了。胃部难受给我的第一个提示是：回去，回到陆地。

船靠码头，本来稀少的人群，转眼散去了。我一个人站在原地，回望大海，灰色的天空、灰色的海水，无知无觉。旅游地奋勇揽客的黄牛党一个也没有。

一个客货两用车，装载着满仓的装修用具，除司机之外，还有两位女士。一位坐在副驾驶的位置，穿着暗红色的棉服，面容白净，眉目清晰，年纪在30岁上下。她的装扮和面貌，在这个灰蒙蒙的海岛，是少有的亮点；她的棉服，像冬天北方人家的睡衣，可她的脚上是一双拖鞋，光着脚，没有穿袜子。她是来码头接丈夫的，穿着“睡衣”来码头，可见南麂岛有多大，整个岛屿就像自家的庭院一样，可以穿着睡衣满岛转悠。另一位女士，坐在第二排，年龄稍大，她是本岛居民，搭车回家。

司机看见我一个人站着，就问我：“你去哪儿?”

我说：“我也不知道去哪儿?”

司机说：“你跟我走吧，岛上的宾馆，只有我家一家了。”

我上了车，车在滨海的山路上行驶，海风吹散了我的头发，也冰凉了我的心。

我问司机：“这个岛有多大?”

他说：“大概11平方千米。”

我再问：“岛上多少人?”

他说：“岛上户籍居民两千多人，但建立了自然保护区之后，都移民到内陆了，剩下的不足几百人，也是在旺季；现在没生意，人们都去温州过冬了；岛上也许有几十个人。游客，今天只有你一个。我旅馆里，有四个北京客人，他们明天回去。”

我下榻的这家旅店，是温州港务局经营的。老板就是开车的司机，老板娘则是坐在副驾驶座位上风韵依然的女人。旅店有140间客房，规模不小。旅店是园林化布置的一座小型庄园，除去主体建筑之外，其余的房子多是二层小楼，隐藏在生气勃勃的海岛植物中间。住房之间，有整修一新的石板路。还有两座凉亭，一座被一只狗占据，另一座凌空向海，四把石椅子和石桌上的棋盘，一直晾着无人问候。

我住的二层楼是整座南麂岛视线最好的房子，四个北京人也住在这里。我安置好行李，就敲他们的房门——在家靠老婆，外出靠朋友。在如此遥远的荒蛮之地，能遇到北京老乡也很难得。我惊讶他们怎么来了四个人，他们更惊讶，说我怎么一个人来了，连一个伴儿也没有。言外之意，是说我众叛

亲离成了孤家寡人。他们是一家人，父亲母亲和儿子，另外一个女人是这家男主人的弟妹，即弟媳妇。

窗外的雨，越下越大了。四面招风的海岛，经历着浩瀚雨水的洗礼。老板娘送来午餐，一份炒年糕。

我问老板娘："这么大的雨，明天能开船吗？"

"没事儿，一会儿就好了。"看来，她对此习以为常，不以为奇。我没再多问，但实际上有点担心和害怕。初步认识到，岛民的生活是多么单调乏味和令人恐惧。

我的房间靠窗的地上，淋满了水。本以为是雨水潲进来的，后来经过分析，发现是屋顶漏了。抬头看，果然有一行水印，摇摇欲坠的水珠正在形成。我马上通知老板，说这个屋顶漏了。老板这段时间在岛上，就是为旺季开业做准备，很多修修补补的事情，忙个没完。门窗、墙壁、地板、屋顶、水管、煤气、电灯、电视，统统都要检查维护保持完好。他是一个多面手，什么都能干，水、电、暖、木工、钳工、焊工的活儿，他都拿得起来。今天他领着四个工人，装修两间新房。工人们来自内陆，日工资 80 元，包吃包住。

我换了一个房间，在二楼的顶端，平面呈 L 形，视野更开阔了，两面都可以看到大海。不过，我的心情没有好几分钟，无边的雾气就涌上来，淹没了窗外的一切，也包括风景。海面上的渔船、沙滩，岛上破碎的菜地，渔民的矮房，雨中的电线杆，甚至窗沿下的灌木和野草，也完全沉没在白茫茫的雾色之中。大雾弥天，恢恢无隙；天何苍苍，路何漫漫，都在无知无觉之中。我能看到的只有房间里这块自留地，空间已经被压缩了，边界即在窗外，我感觉自己被装在一个四面封闭的盒子里，与全世界失去了联系。"前不见古人，后不见来者。念天地之悠悠，独怆然而涕下。"陈子昂的感慨，是不是由此而生的呢，也许是。

不过，我可不像陈子昂那么脆弱，我可不会哭，因为南麂岛不相信眼泪。我卷在被子里，迷糊了一觉，一睡解千愁。醒来已近下午 5 点，云开了，雾散了，所有的风景都出现了。但依然有雨有风，我抱着雨伞，想到外面看看——上岛之后，出门不宜，我一直待在屋子里，还没出门看看呢！

北京老乡（四位之中的女主人）此时也外出。她问我："你去哪儿?"

"随便走走。"我说。

"你吃饭了吗?"她再问。

我说："没有。"

"岛上没有饭馆，连方便面也买不到，你和我们一起吃吧！"

我也不客气，说："行。"

我随着她，来到一个L形排房。L形排房很长，但所有的屋子都门窗紧闭，只有一间房子有人烟。早有七八个人围坐在一起，其中，一位正是和我搭同一辆车上岛的本地人，那位年龄大的中年女人。她也认出了我，和我点头微笑示意。

除我之外，他们在一起聚餐已经有几次了，所以把我当客人，纷纷劝菜。菜的味道如何我并不在意，只是太凉了。在身体最需要热量的时候，饭菜却要由肠胃温暖，即使是美味，也难以下肚。我主攻有热气的，其他的置之不理。有一道菜值得一提，小葱炒鸡蛋——小葱是野生的，和种植的相比，味道更加鲜美，更加令人难忘。

有人说，男人的世界观是由肠胃决定的，一道丰盛的大餐即可改变他对整个世界的看法。对此，我完全赞同。初来岛上，由于晕船和肠胃不适，我的心情也不好；现在，我重新焕发了光彩，躲在房间里自怨自艾的那个我，一去不复返了。饭后，趁着天色未暗，我决定前往海滩，为明天早上的行动做准备。

下到海滩的路，是一条林间小道。两旁并无高大的树木——"木秀于岛，风必摧之"，在海风频繁又十分强大的海岛，不会有很高大的树木；春天未到，光溜溜的树枝上没有一片叶子；灌木丛生，如星散石落，没有规则，也不觉得杂乱无章。最繁茂的是肆意横生的野草——我不知道叫什么，请教旅店的老板，他只说是茅草。我开始以为是芦苇，又以为是鸢尾花，但后来都被我自己否认了。我会贴一张照片出来，请专家辨认——它是这个海岛上最普遍的植物，长势极好，如艺术家乱蓬蓬的长发，绿中间有些黄，像摩登女郎染了一绺黄毛。

这是我从海滩返回时的感觉——去的时候，天色尚早，四周虽在阴雨之中，可并不妨碍观瞻；海滩上寂静无人，薄暮之中更显落寞；沙滩看罢掉头回，此时，天已经完全黑了下来。点点灯火，从半山的丛林和雨线中，发出微弱的光芒。来路难寻，我进入了夜晚布置的迷宫。两边是没人的蒿草，沙沙有声，随风摇摆的枝叶如林立的长矛，四面楚歌，震慑人心；风声雨声海涛声，声声入耳；光影水影夜之影，影影绰绰；在阴冷的海风里，我的衬衣湿透了，其中，一半是热汗，另一半是冷汗。

第二日——岛国岛民

早晨起来，一切又恢复了原来的样子。海岛如此，海潮如此，我的心情也是一样。退潮之后的沙滩，一无所有——“如果大海能够唤回曾经的爱，就让我用一生等待。如果深情往事你已不再留恋，就让它随风飘远。如果大海能够带走我的哀愁，就像带走每条河流……”——海潮带来的，又原样带走了。也许，它来去空空，正如每个人的一生。

我沿着海水的边缘，想找点从深海龙宫里漂上来的宝贝。比如龙王、龙后、龙子、龙孙的生活用品，也包括它们的生活垃圾。在它们，全无用处；对我们，可是无价的财宝，就像我们过去从美国和西欧进口的洋垃圾一样。可是，除了捡到一块非常圆滑接近标准的椭圆形石子之外，什么也没找到。我带回北京，给女儿看那块石头。女儿不以为然，说：小区对面到处都是。我的努力，算是白费。

沙滩边上，有一个海鲜大排档，荒废已久，风雨侵蚀，像古代人留下的遗址。一个老头儿和一个老妇人，不紧不慢地收拾着一捆野草——就是我认不出名字的那种。野草对渔民大有用处，晾干，可以当柴；盖在房顶上，可以挡雨，这就是渔民的茅屋。为了防止“茅屋为台风所破”，渔民们将绳子搭在人字形房顶上，绳子的两头拴着带眼儿的石头，一头一个，粗大的缆绳穿着石头挂在房前屋后，好像南瓜藤上结了一串串南瓜。

渔民们如此费心，是怕房顶和家产被台风卷跑，当然他们也有不怕的。他们不怕小偷，海岛上所有的房子，都没有围墙。大海为海岛提供了天然经济的安全屏障，小偷就算得手了，也没有办法把赃物运出岛外。对此，岛民心里有数，小偷也不傻，久而久之，海岛就形成了一种“夜不闭户，路不拾遗”的淳朴民风。追本溯源，并非岛民人性本善，而是环境所迫——岛民的好不是天生的，而是后天养成的。

不仅南麂岛如此，我在日本也注意到，日本民居也大致没有围墙，有也只是象征意义，和中国四合院的高墙厚垒不可同日而语。有人观察到，朝鲜半岛由南向北，围墙从无到有，从低矮到高耸，逐步上升和加强，呈现出明显的海岛文化向内陆文化过渡的特征。

四合院乃内陆居民和小偷相互博弈之结果——最初，谁家也没有围墙，小偷非常好过，缺什么就去别人家里拿什么，然后“逃之遥遥”（不是错别字，我有意如此写的，是说明小偷得手之后，逃跑距离之远）。后来，有一个人先修了围墙，“拒盗于大门之外”，小偷进不去，就不来了。可是没修围墙的人家就倒霉了，成了小偷经常光顾的对象。没办法，他们也只能群起效之，修筑围墙，而且越修越高，越建越厚。

不是所有人都明白这个道理，或者说绝大多数中国人都不明白——内陆和岛国，因为地理环境之巨大差异，必然带来社会心理结构之反差，文化的分水，也由此而来。可是，自我陶醉的中国学者们，毅然决然地把日本划到儒家文化圈中，认为日本和中国同源同文，其错误也就不言而喻、不证自明了。

返回大陆的快艇，预计中午 11：30 开船。宾馆的老板开着他的客货两用车，把我送到了码头。一到码头，就得到了令人灰心的消息——风力太

大，过了9级，快艇停开。这时，我的手机响了，是北京老乡打来的，他告诉我，快艇取消了，今天走不了，等着吧。

老板说，回去吧。心情不好的，不只是我，码头上三三两两的人，也都无精打采。乘船回到内陆，对岛民而言，相当于一个盛大的节日，节日取消，能不让他们备感失望吗？

一个渔民提着几条鱼，和老板说："要鱼吗？"

老板问："多少钱一斤，有多少斤啊？"

渔民说："我去三盘尾，你把我捎过去，我就把鱼送给你了。"

老板说："行，走吧！"

渔民上了车，他和老板很熟。老板在南麂岛经营了17年，岛上的居民都认识他，他也认识每一个岛民。岛民搭他的车，都是免费的。他是这个岛上的雷锋，岛民都喜欢他。提起他，岛民们都说好话。不过，也有人厌烦他记恨他。岛上有6辆出租车，因为老板免费搭载岛民，使出租车没有生意可做。因此，6辆出租车司机就不喜欢他。

做好事不被人理解，听起来好像是岛民们思想觉悟不高，其实，这与觉悟无关，而是有限市场中的竞争问题。一个人能力很强，也愿意做好事，他做好事的时候，就占据了一部分市场，市场规模因此而缩小，以此为业的其他人的有效份额，因之减少了；他们的所得，也会下降。这就意味着，如果其他人以此为生，"好事"会变成坏事，对一部分人施恩是对另一部分人"施虐"。"受惠"的人和"受损"的人之间，势必有一个长期的斗争，最后均衡的结局是，不做好事，当然也不做坏事。

这又是岛民和内陆居民的重大区别之一。日本人的处事原则是：不给别人添麻烦，仅此而已，但绝不会主动帮助别人；中国人的原则，则是"毫不利己，专门利人"。之所以产生这种差别，原因也在于，岛国地少人寡，当有人做好事的时候，市场份额的减少会被发觉，利益受损的人马上就会阻止这种行为；而在内陆，市场是无限的，一个人或者一部分人的利他行为，并不会对市场造成实质性伤害，受惠的人自然要歌颂这种行为，"利他主义"

随之成为社会行为的准则。

南麂岛，像一个张开翅膀的燕子，燕头向着西北，尾部拖在东南。它的两个翅膀并不对称，右侧的翅膀比左侧要丰厚强健得多。三盘尾景区在右侧翅膀的顶端，客运码头在“燕头”，我住的温州港务局宾馆在“燕脖子”上，到三盘尾都很远。昨天我要去三盘尾，老板不想去，今天，因为要送这个岛民，我沾了光，顺便去看看三盘尾。

三盘尾恰如其名，它是整个南麂岛的末尾，山势由高渐低，缓慢滑入海中。巨石高耸，惊涛漫卷，南下和北上的海风在此交会，形成了一股强大的气流，浩浩荡荡，势不可当。“独自且凭栏，无限江山，今是何时不待言；落雁飞鸿春来也，天上人间。”南唐后主李煜才气无与伦比，但总有些儿女情长，亡国也就是可以预料的。被中国人赞扬的帝王都是舍我其谁，独断横行的。皇帝要出行，老百姓都得回避，他要来三盘尾，景区就要清场，一个也不留。这么说来，我一个人站在海边，天色苍茫，听风看海，指点江山，享受的岂不是皇帝的待遇吗？

转头一想，此念差矣——皇帝出来，前呼后拥，跟着一大批的大臣和奴才，而我是“孤家寡人”，哪儿有皇帝气派；再有，我是“反弹琵琶”，在淡季、在别人不来的时候才来，皇帝可不会这么办事。越是旺季越是人多，他才越显摆，以显示他的威风和霸气，否则，谁知道他是谁啊。想到这里，我有双重的快感，一方面，我享受了帝王一样的待遇；另一方面，我又不扰民，不给老百姓添麻烦，这是一种多么可贵的精神啊！

三盘尾景区，以石头和天然草坪见长。巨大的岩石，从海水中直立起来，乱石如垒，狂涛拍岸。水与石斗，其乐无限。草坪分布在一个马鞍形的山坡上，迎风的一面，像高尔夫球场的果岭区一样，一丝不苟。避风的一面，草长如疯，毛茸茸的野草，卷积成堆，踩着、躺着像沙发一样松软。一边，草场像经过了人工修剪，沿着山坡的曲线，如海边平整的沙滩；另一边，枯草布满了巨石的缝隙，像日本卡通人物的长发，纷繁而杂乱。山脊中间隆起的一道线，是两边的分界，咫尺之隔，野草的长势却完全不同——野草乃环境之产物，植物如此，人也如此，不同国家和民族的文化，也莫不是由特殊的地理环境决定的。

南麂岛旅游门票上的彩图，是三盘尾草坪——快艇停航，坏了我的心情；能看到纯天然的草坪，算是一种补偿。老天爷总是公平的。不过，我有一点疑惑——旅游门票上的草坪，碧绿如蓝，过于鲜艳。估计是广告设计人员做了手脚，渲染了一下，效果是好，可作假的用心实在卑劣。

2009 年 3 月 19 日

岳麓山和岳麓书院

岳麓山

刘禹锡的《陋室铭》是写自己住的破房子的，“陋室”者，破房子也。我借来一用，并略加篡改，作为我对岳麓山的简单概括：山不在高，有树就灵；水不在深，有鱼就行。但我不能说岳麓山是“破山”，只能说，岳麓山有点“仗势欺人”。

其所借之势，一为天然。因为岳麓山是南岳衡山的余脉，南北朝之时的文人刘宋在《南岳记》中说：“南岳周围八百里，回雁为首，岳麓为足”，即岳麓山是衡山伸到湘江边上的“一只脚”。五岳的地位决定了岳麓山在中国的山岳之中是举足轻重的。五岳为尊，岳麓山自然也高高在上了。“一山得道，草木升天”，更何况是“一只脚”呢。

岳麓山名满天下，另一个所倚重的乃是名人。中国的名胜与名人，大体上是互相利用的。黄山万千气象，奈何不得庐山“飞流直下三千尺，疑是银河落九天”；武汉东湖风姿夭夭，也无法颠覆杭州西湖“欲把西湖比西子，淡妆浓抹总相宜”。岳麓山人文辉耀自然，自然独厚英杰，天人相长，交相辉映，成就了岳麓山地灵人杰的美名。

爱晚亭是岳麓山的一个著名景点，语出唐朝杜牧的名句：“停车坐爱枫林晚，霜叶红于二月花。”凉亭建筑为中国特有，四面通透的亭子间，“风声雨声鸟鸣声，声声入耳；山景水景四时景，历历在目”，它体现了中国文人与自然交互并与之融为一体的独特心理体验。毛泽东在长沙读书，革命期间常与蔡和森、罗学瓒、张昆弟等青年革命家，会聚于此，指点江山，激扬文字。尤其在秋天，“万山红遍，层林尽染”，恰如天安门广场上处处飘扬的鲜红的旗帜，青年毛泽东，或许已经想到了以后；而站在天安门城楼上的毛泽东，也许在欣赏岳麓山秋天的红叶。

历史，总是以我们意想不到的方式重复着。

不过，对杜牧的诗，我有一点意见，希望修改成：“停车最爱枫林晚，霜叶好于二月花。”之所以这么改，原因是，好色之徒经常把“坐爱”说成“做爱”，本来干净的诗意，却让人产生了“不健康”的联想。再有，“红于”只是说在颜色上“霜叶”不输给“二月花”，改成“好于”，则枫叶对“二月花”的胜利，就是全方位的了。不知道专家们意见如何，要是让他们见笑，当我没说。

爱晚亭是岳麓山风景的起点。登山的人，由山脚而上，到此腿脚刚活动开，好比一场运动，做好了热身。在爱晚亭坐下来，清风徐来，四面景色，尽在其中。然后，整衣起身，开始新的“长征”。可是，在我看来，爱晚亭也是岳麓山风景的终点。因为，由此往上，沿路所有可以落脚看景的地方，都有人预先占领了，而且，他们再也不会让开了——岳麓山最多的，是名人墓地。

“青山处处埋忠骨，于斯为盛数岳麓”——听说过的有陈天华、邹容，他们都是少年才俊，不幸英年早逝，在此合葬。没听说过的有焦达峰，看其墓志，也是历史上一等的人物。特别有名的数黄兴和蔡锷。蔡锷之故事，经由小凤仙，多了一层传奇。小凤仙因为蔡锷，也加入了高尚的行列，再没有人因为她的出身轻视她、贬低她。黄兴墓最大，建于1917年，占地1913.6平方米。墓上有塔，以整块花岗岩雕成四棱形，通高11米；墓地四周砌以石柱，庄严肃穆，气势宏伟。墓碑四周刻着众人写的悼词，其中，章太炎写的是："无公乃无民国，有史必有斯人。"野草孤坟，冷土荒冢，墓地周围的石柱上青苔点点，像老人斑一样沧桑无限，谁能想到曾经的过去，有多少风流、多少浪漫、多少儿女情长、多少英雄气短。此外，还有禹王碑。大禹生平不可考，可大多中国人都相信自己是大禹的后代，我不信。

人人生而平等、死而平等，每一个人都是独特的，每一个人的灵魂都同样卑微也同等高尚。在这个意义上，坟墓的规模分成三六九等，我最是不解，也最为厌恶——礼制之余毒，处处可见，经久不散，就像萦绕在岳麓山上的层层迷雾。我们走到山顶的时候，大雾如潮，岳麓山沉没其间，看不见"橘子洲头"，也不见"湘江北去"，只有浓雾包围着我们随时间飘散。

岳麓书院

如果说岳麓山是革命者的祖坟，岳麓书院则是中国读书人的根源。通常，参观岳麓山的次序是，先到岳麓书院，经由大门、二门、讲堂、书斋，到后院，出后门，爱晚亭上略作休息，览景色之胜，感峡谷之炎凉，然后再攀高峰。书院是一个缓冲和"净身"之地，清心而养性，宁神又安身；穿过古老而幽深的庭院，在适度的山风里做一次身心的洗礼。再拜安葬在岳麓山上的先辈，瞻仰音容，凭吊古墓，更多了一份尊敬和虔诚。

我们是"开倒车"的，先上山，然后，在清风峡爱晚亭所在，由后门进入岳麓书院——并不是我们不守规矩，而是，"反转乾坤"，以一种与常人相反的次序和思路看风景，收获也必然与众不同。我们不愿意走"前人的老路"，就逆势而行。不过，前门也好，后门也罢，岳麓书院的门票是省不了的，一律 30 元。门票收入，归湖南大学。因为，岳麓书院乃湖南大学文学院所有，文学院的专家教授在此公干，学生们也在书院的藏书楼看书学习。

以地养学，是书院的经营传统。历史上，皇帝和一方政府为了表示对教育的支持，一般都是“批地”，即无偿划拨一块土地给书院，书院将土地租出去，收取租金或实物地租。国外大学，早期也都是“地主”。例如牛津，其主要收入也是地租，并且土地主要承包给在本校念书的学生家长。这样，一方面，可以保障土地收益，如果不交地租的话，他在牛津的孩子的学费可从哪儿来啊；另一方面，贫困生的学费也解决了。后来的助学金制度，概源于此。

牛津大学的土地，有三个来源：一是国王的，二是教会的，三是贵族庄园。我们知道，牛津大学的 39 个学院分散在牛津城的各个角落，城市和大学融为一体，大学不仅没有校门，甚至连正式的招牌也没有。主要原因并不是英国人民的自由主义个性，而是由于牛津大学的土地及风格迥异的建筑物，是不同的人在不同的时期以不同方式捐赠给牛津大学的，个人是不可能拥有大片整齐的土地的。

登岳麓山，可以绕开岳麓书院；去岳麓书院，却永远也绕不开朱熹。朱熹一生，两次去过岳麓书院。第一次，是以“访问学者”身份去的。当时，南宋另一位理学家张轼任岳麓书院山长。朱熹在两名亲传弟子陪同下，不远千里由福建而来。在岳麓书院大讲堂，与张轼就双方共同关心的学术问题，进行了广泛的探讨。会讲之盛况，史家以“一时舆马之众，饮池水立涸”进行了总结。朱熹第二次去岳麓书院，是在 27 年之后。时过境迁，物是人非，曾经和他一起会讲的张轼已是古人。这一次，朱熹的身份是官员，任职湖南安抚使。虽然公务繁忙，可朱熹对岳麓书院依旧一往情深，花了很大心力，为岳麓书院的建设和发展做了很多好事。

朱熹是儒家文化史上具有分水岭意义的人物。在他之前，魏晋南北朝玄学弥漫；隋唐之际，佛教盛行；土生土长的儒家学说，反倒无人过问，日益低迷。对此，“唐宋八大家”之首的韩愈，第一个作了回应，唐宪宗恭迎佛骨的时候，他就不合时宜地写了一篇文章《谏迎佛骨表》。苏东坡评价韩愈说：“文起八代之衰，而道济天下之溺。”苏东坡所说之“道”，即“儒道”。韩愈自己也说：“己之道，乃夫子、孟轲、扬雄所传之道。”

韩愈发起的儒学复兴运动，在唐已见成效。到了北宋，蔚然成一代之风。周敦颐、“二程”、陆九渊、张轼等理学家孜孜以进，至朱熹时上了一个新的台阶。

朱熹对儒家的贡献，主要在两个方面：一是为儒家设计的政治结构和社会结构，找到了一个莫须有的合理依据，这个依据就是“天理”。世间万物，莫出一理；人事物理，纷繁万象，仅仅是“理”在不同事项上的一种表象，其本质还是脱不开一“理”。

作为一个学术范畴，没有哲学根基是立不起来的。南宋之前的儒学漏洞，正在于此。这个天大的漏洞，由朱熹填补了。这个功劳，无人可比。因此，后人将“孔”“朱”并称，朱熹的地位仅次于孔子。近代，著名史学家钱穆说：“在中国历史上，前古有孔子，近古有朱子，此两人皆在中国学术思想史及中国文化史上，发出莫大声光，留下莫大影响。旷观全史，恐无第三人堪与伦比。”

问题的根本在于，儒学的政治体系是否合理。在我看来，儒学的内在逻辑是支离破碎、相互矛盾的。在一个相互矛盾的“学术体系”之上，加了一个“坚硬的外壳”，又能有什么价值呢？所以，“理”只能救儒学一时，却不能济其一世。“理”之概念以及内涵，非朱熹原创，实为“道”之翻版。老子谓之“道”，朱子曰之“理”，“道理道理”，“道”即是“理”，“理”就是“道”，二位一体。朱熹之创新，仅在于换了一种说法。

朱熹的第二个贡献是编著了《四书集注》。后来，这本书成为科举考试的法定教材。对儒学，这是莫大的功劳；而对中国文化与精神之发展，却是最大的灾难。《四书集注》的性质，好比“废物利用”。以“四书五经”为核心的儒家体系，像一座走风漏气、摇摇欲坠的破房子，朱熹乃一个手艺高超的裱糊匠，找了一堆烂报纸，将房子粉饰得密不透风，看上去，巍然壮观，实则弱不禁风。朱子所为，不过如此。

可是，《四书集注》之后的中国文化人，高枕无忧，坐享其成了。集权皇帝乐不可支，乾隆五年（1740 年）说：“朱子学得孔孟之心传……循之则

为君子，悖之则为小人；为国家者由之则治，失之则乱，实有裨于化民成俗，修己治人之要。”明清儒家弟子也说：“自朱子以来，斯道已大明，无须著作，直须躬行耳。”言外之意，朱熹已经把为人处世齐家治国的理论讲清楚了，后人，照做就行了。

也许，不能把当时中国文化之衰落，归罪于朱熹。因为朱熹有诗云：“半亩方塘一鉴开，天光云影共徘徊。问渠哪得清如许？为有源头活水来。”在我看来，朱熹一生，除了他留下来的书法之外，真正有价值的不过这四句诗。学术、文化、政治、经济，一旦被某一种势力垄断，必然走向其反面。清代，儒学内部已经有了反叛儒学的呼声；1840 年被迫打开国门之后，在与西方民主制度、科学精神的较量中，儒学更是一败涂地。这才有了 1919 年的五四运动。新文化之“新”，就是和儒学告别，和“理学”之“正襟危坐”之道统永远告别。

我也必须和岳麓书院说“bye bye”了——回头看去，书院大门两侧写着：惟楚有材，于斯为盛。这是一副让岳麓书院感到自豪的楹联，也是一副让湖南、让长沙豪情万丈的楹联。可是，我觉得岳麓书院的历史使命已经终结，它是一所令人向往的古迹，也只能是古迹，因为它的继任者——湖南大学早已在岳麓书院重重叠叠的围墙之外，找到了更广阔的地盘，有了更美好的发展。

2009 年 3 月 26 日

滕王阁叙

在一个陌生地方，我有点床枕不服，这是人之常态——要是什么床都能上，什么枕头都能睡，那才是大麻烦。

晚上睡不好，早晨却醒得早，4：30就醒了。正好赶上2010年世界杯预选赛欧洲区附加赛法国队——爱尔兰队比赛的下半场。亨利用手把要出界的球捞了回来，赢了比赛，虽胜犹败犹耻。

我来南昌，是参加2009年“信息系统和信息管理中青年骨干教师培训”的。上午出席了一下，午饭后坚持不下去了——手倦抛书午睡长。醒来已经快四点了，便去雅虎邮箱，出乎意外的是有一封邮件，没看完后背就开始发烧，自上而下由外而内。中国古人的能耐，我大多看不上。唯独汉字的造诣，让我佩服得下跪。比如我这种感觉，就有一个词、也只有一个词可以描述，即“如芒在背”。

心烦!

滕王阁是南昌的标志，是名胜而非古迹。因为现在的滕王阁是后来重修的——这不是滕王阁的问题，而是所有中国古建筑的命运。木材的寿命，本已有限，加之禁不住水火，所以每过一段时间，古建筑就会“一倒涂地”，一切从头再来。再建的房子，结构和材料，不可能有根本改变，只能是继续倒掉，循环不已。中国的朝代更替，和我们居住的木头房子一样，屡塌屡建，从来没有停止过——中国人好像是来自木星。

这是我对中国建筑的看法——所有中国建筑都没看头。到了滕王阁，大门已经关了。毕竟下午5点多了，下班是必须的。我并没有为此沮丧，而是“幸灾乐祸”。要是不关门，我恐怕要进行一番激烈的思想斗争，“进去？不进去？这是50元钱的问题。”这下，省50元。

我绕到边上，给滕王阁拍了三张照片留作纪念。滕王阁——江南四大名楼之一，更因为少年天才王勃的一篇《滕王阁序》而名传千古，“落霞与孤鹜齐飞，秋水共长天一色”，这是何等波澜壮阔的风景和气象。不过，在我看来，中国人一向有“借物寄情”之传统，所以王勃所写并非滕王阁之实，而是王勃自己渴望从军报国之胸襟和心境——世界上最大的不是海洋，也不是天空，而是一个男人纵横四海的野心。

所以，读了《滕王阁序》的人，不必看滕王阁——《滕王阁序》与滕王阁无关，就像“凤爪”和凤凰之间也无瓜葛一样。

天黑了，灯光璀璨。南昌的街道和中国所有城市一样，一样的繁华，一样的奢华，一样的流光溢彩，一样的堵车。我打了一辆黑摩托车，半空里飘着细雨，司机问我：“要雨披吗?”我说：“不要。”冷风恶贯，微雨斜飞，我们风驰电掣，穿过大街走过小巷。不能纵横四海，就暴走南昌吧——“走”，在古汉语里是“跑”的意思，这里用其古意。

金岳霖是著名哲学家，中华人民共和国成立后在北大任教。有一次，毛泽东给他提了一个意见，说他太脱离实际了。为此，金岳霖找了一个三轮车师傅，让他每天早晨拉着他去王府井转一大圈，再回到北大，前后有一年时间。我不是哲学家，也没那么阔，只好偶尔为之，雇一辆摩托车“接触接触社会”，并“灌点西北风喝喝”。

感觉如何呢？怎一个“爽”字了得。不是没有遗憾，可这就是人生。

2009年11月19日

于南昌洪都宾馆

庐山晴雪

美　庐

“美庐”是宋美龄在庐山上住过的别墅，凡是来庐山的人，一是为了庐山之美，二是想看看“美庐”——感受一下中国曾经最有权势和最美丽的两个人，过的是什么样的生活，就像项羽看见秦始皇的仪仗队，羡慕不已，并暗下决心取而代之一样。项羽后来做到了，他成了楚霸王，秦始皇享过的福，他应该都得到了。

大部分人，没有项羽的本事，参观美庐，最多是空欢喜一场，留下的是无限的烦恼。事实上，“美庐”的来历也有几分伤感。

1948 年 8 月，蒋介石和宋美龄最后一次来庐山，住进了“美庐”。此时，国民党的半壁江山已经旁落，另一半也在庐山风雨中摇摇晃晃。蒋、宋都明白，这一次，他们是来和庐山告别的，最后的告别。蒋介石为他喜欢的这幢别墅题写了“美庐”两个字，让石匠刻在门前青紫色的庐山石上。大约十天后，蒋、宋两人永远离开了庐山和“美庐”。

“美庐”既是赞美别墅的，也是赞美庐山的。可是，正像蒋介石和宋美龄终究是“美庐”的“暂住者”一样，庐山之美，也匆匆而去——这倒不是说庐山不再有云雾、飞流的瀑布以及姿态万千的山石，而是庐山已经彻头

彻尾商业化了。可放眼祖国，还有哪一个景区不是这样被管理者管理着呢？

庐山，让我想起超市里的鲜肉铺。卖肉的，把猪的每一部分都拆出来，前腿、后腰、里脊、肘子，部位不同，价格不一，越是稀缺，价格越高。庐山也是如此。景色可餐，庐山可证。

蒋、宋为离开“美庐”而伤心，与之相比，我们更伤心。蒋、宋只是不再拥有“美庐”了，可“美庐”的风格常在，庐山千百年酝酿的避俗出世的精神常存。我们的问题，和蒋、宋正相反，我们可以随时上山，但今日之庐山，早已不再是蒋、宋所看到的庐山了，也不是英国传教士李德立所开创的庐山，更不是陶渊明、白居易、李白和苏东坡所看到的庐山了。

历史上的庐山

胡适先生将庐山的历史分成三段。1928 年 4 月 7 日至 10 日，胡适游览了庐山，之后，写成万余字的《庐山游记》。他指出，庐山有三处史迹代表三大趋势：①慧远的东林，代表中国‘佛教化’与佛教‘中国化’的大趋势；②白鹿洞，代表中国近代七百年的宋学大趋势；③牯岭，代表西方文化侵入中国的大趋势。

在中国，几乎每一座名山，都有佛教和寺庙遗迹；书院也不在少数。在这个意义上，庐山之特殊，既不是佛教“中国化”的东林禅寺，也不是灌输宋学之白鹿洞，而是在庐山开办了一个西方特区之牯岭镇。牯岭是英文“Cooling”的音译——早期来华的英国人，不习惯长江沿岸的湿热天气，急于寻找一块像英国本岛一样潮湿而凉爽的消夏之地。1886 年，22 岁的英国传教士李德立来到中国。后来，他将庐山东谷 4500 亩“飞地”，命名为“Cooling”。

“Cooling”这个词，在英国人来说，是凉爽；对中国人，则是“冰冷”。一个英国小伙，在“荒蛮”的庐山之巅，开创了一个不仅深受西方人欢迎，也让中国的高官贵人蜂拥而至的“世外桃源”。作为庐山新景观，牯岭不仅在与“东林党”的 PK 中大获全胜，而且大败“白鹿洞”。如今来庐山的人，有几个是看东林禅寺的，又有几个是看白鹿书院的？然而，在“十里洋房”流连忘返的，却何止千万。

庐山是中国“乌托邦”精神的源头，首倡者当推“不为五斗米”折腰的陶渊明：“种豆南山下，草盛豆苗稀。晨兴理荒秽，带月荷锄归。道狭草木长，夕露沾我衣。衣沾不足惜，但使愿无违”“耕种有时息，行者无问津。日入相与归，壶浆劳近邻。长吟掩柴门，聊为陇亩民”“采菊东篱下，悠然见南山。”当农民，能到这种境界，实在罕见。或者说，陶渊明乃是中国最有知识、最有文化、最爱自然和最有品位的农民。其影响，广播今日，甚至我的一位资深朋友，在其飞信标签中，也表达了她对农家生活的无限向往：终极目标是当农民。她的家，原本在海边。

“南山”就是庐山。据考证，陶渊明的家在今天九江市西南 16 千米的八里湖旁边，原址已经成为一片废墟。陶渊明的“园田居”，北依长江，南望庐山，“方宅十余亩，草屋八九间”。长江泛滥的时候，他的家估计就全泡在水下了；日上南山的正午，他的茅草屋躲在庐山的影子里，清凉宜人。在这种好地方，“傲然自足，抱朴含真”，陶渊明基本上是满意的。

可中国知识分子的使命，不光是为自己着想，也要为“天下受苦人”找一个出路。于是，他就写了一篇让中国人念念不忘的《桃花源记》——佛教有来世，西方有天堂，中国人有桃花源。有了桃花源，大苦大难的中国人，总算可以在水深火热之中，喘口气了。正如“面朝黄土背朝天”的陶老先生，“耕种有时歇”，支起老腰，远望庐山一样。

陶渊明由于腿脚不好，足迹仅限于庐山脚下。最远也不过到石门涧，和惠远和尚聊聊天。此后，历代文化人依次上山，王羲之、谢灵运、白居易、苏轼、陆游、朱熹和李白，都曾登临庐山，一展文采。李白和苏轼都留下了传之千古的诗作：“日照香炉生紫烟，遥看瀑布挂前川。飞流直下三千尺，疑是银河落九天”和“横看成岭侧成峰，远近高低各不同。不识庐山真面

目，只缘身在此山中”。

白居易曾为江州司马，在九江住了三年。得地利之便，白居易在庐山上建了草堂，计划终老于此。可是，中国士大夫的特点是“君子动口不动手”，说说可以，真动手，全没影儿了。陶渊明和白居易算好的，但也不过独善其身，果真“兼济天下”“为人民服务”，则是万万不能的。所以，陶渊明的“园田居”和白居易的“草堂”是消极避世的，虽在尘世，却希望与世隔绝；是个人主义的，顾得了自己，管不了别人；是自我封闭的，放得下一家一户的小民，却不能兼容种姓不同的异族他人。

“长恨春归无觅处，不知转入此中来”——白居易感叹，山下桃花散尽、春天已去的四月，位于庐山花径的大林寺却桃花盛开，芳菲依旧。借用这句诗，我想说，中国人朝思暮想、寤寐求之而不得的桃花源，转入了庐山之巅的牯岭。牯岭乃“人定胜天”之杰作，它是中国人的禁区，外国人的乐园和英国人开辟的“示范田”——示范桃花源梦想的试验田，这都源于一个 22 岁的英国传教士：李德立。

1886 年之前，牯岭和中国绝大多数的名山一样，只适合供养佛祖和神仙，却不是人待的地方。在《牯岭开辟记》中，李德立指出，山巅是一片荒野，野兽出没，要是没出来，一定是在冬眠；古庙遗迹，隐约可见；在这寂寞荒凉之中，除了庙里的和尚，间有几个砍柴烧炭的工人，常住人口不到 100 人。

李德立不来，一切照旧，和中国所有名山一样；李德立来了，化荒蛮为文明，庐山历史翻开了新的一页。

李德立看中的是庐山东谷一带 4500 亩的土地，据说为了得到这块“风景绝佳”之地，李德立用了不少花招。首先，他起了一个中国名字，也不怕自己的同胞骂他“背叛了祖宗”。可当他去德化县衙缴契税时，县太爷发现他是洋人，就反悔了。无奈，李德立找了一个中国代理，由他从官府手里拿土地，再转租给李德立。传言说，李德立贿赂了县衙的顶头上司浔阳道道台（相当于现在的九江市市长），李德立说，为了酬劳的缘故，从上海买了电铃一套，外加一套银杯——银杯，只能算是英国土产。

好事多磨——李德立虽然在1886年就拿到了土地开发权。然而，居住在这一带的“爱国者”却以坏了风水为由，和李德立进行了不屈不挠的斗争。直到1894年大清国甲午战争失败，清政府才觉得洋人不是好惹的，人民的“爱国热情”也慢慢淡漠，李德立的开发计划才上了正轨。

李德立和他的开发团队，做了如下几件事。

第一，“要想富，先修路”——修建了九江到庐山的第一条正规公路，庐山不再是“空中花园”、可望而不可即的了。

第二，编号出售土地——每号土地面积约3.7亩，售价300元，购买者身份不限，面向全球公开发售。

第三，每块土地只准盖一幢别墅，建筑密度控制在15%以下。别墅风格自选，但不能盖围墙。别墅之间，自然分割。

第四，修建社区内道路和路灯。社区内的干道和别墅之间的小径，属公共设施，由社区承建；夜间灯火通明，不是为了好看，而是为了出行方便。

第五，成立“业主自治委员会”——1896年，牯岭社区成立了它的最高权力机构：大英执事会。7名英国传教士加两名美国传教士为委员，主席是李德立。大英执事会有一套自治机构，完全按照西方人认可的民主制度来建设和治理庐山。

第六，公共建筑绝不因陋就简——小学校、礼拜堂、医院一应俱全，还有公共运动场，但见道路修治平坦、绿荫夹道、溪流水清，方位整齐。自治之总办，策马巡行其间，百工各举其职。入其境者，恍如“桃花源”也。

牯岭是令人向往的。生在美国、长在中国，中年之前的经历，几乎全在中国度过的美国著名女作家赛珍珠写道：“每年六月，当秧苗从旱地秧田移插到水田的时候，也就是去牯岭的时候了。”“距我家不远处，有一眼山泉。泉水从山顶上流出，晶莹剔透。这里的生水可以饮用，简直成了我们的高级饮料。”童年的赛珍珠，每天的作业，就是在她家屋子背后的山岭上攀爬和采摘鲜花，从不间断。

不止赛珍珠一家如此，牯岭的每一幢老房子里，都住着这样一家与庐山融为一体的家庭。隐藏在茂密的树林中的石头房子，厚实得略显笨拙的墙壁，环绕别墅的围廊，连接别墅的小路铺着光滑闪亮的石子，溪水顺着分隔别墅的网状小径潺流不息。错落的房屋、自然的庭院、花园般的环境、网格式的道路，形成了具有乡村特色的都市布局——像乡下一样安静自然，又像大城市一样繁华便捷。

据统计，1928 年中国别墅总数达 712 栋，其中，属于外国人的 518 栋，属于中国人的 194 栋。每年夏天，从长江流域各省来山上避暑的外国人约 2000 人，仅英美两国传教士就有 1000 多人，常住人口也有约 1000 人。

牯岭不仅风景宜人，社会生活也多姿多彩。虽是“小国寡民”，但教堂的钟声、松涛，舞会上的钢琴以及主妇之间的问候，此起彼落。传教士做礼拜和开讨论会，商人和他们的妻子则举行桥牌会和舞会。他们又是远游，又是野餐，每周有一次专门为娱乐而举行的集会，网球比赛是必不可少的节目。至于茶会、聚餐和经常性的互访，更使牯岭“人喧山更幽”。牯岭是入世的，人世间所有的快乐，应有尽有；牯岭又是出世的，所有现实的烦恼，都被弃之岭外。

这是不是“世外桃源”？是不是超出了陶渊明本来的设想，而大大“超额”完成了——一个没有政府、自我管理、自给自足的“和谐社会”。李德立和陶渊明，一个中国人，一个英国人；一个古人，一个今人；一个贡献了思想，描绘了世外桃源的样子，一个奉献了力量，在异国的土地上建立了一个“伊甸园”。

如果说，陶渊明及其之后的儒学大家们，代表了中国传统文化的精粹；如果说，李德立仅仅是一个初涉牯岭的“菜鸟”级传教士，是西方文化的一个并不杰出的传承者。那么，在以庐山为基地的构建“和谐社会”的比赛中，中国的儒学大师们，是赢了，还是输了？也许，唯一可以宽慰我们的答案是：“世外桃源”的构想是我们的，英国人只是实现了中国梦。而历来，一流的实践者，也不过是三流思想家的奴仆。

无标题风景

庐山没有新风景，所有景点都是前人看过的。“年年岁岁花相似，岁岁年年人不同”——江山不改，风景如旧，看风景的人，却如空谷流水，去而不返。这只是一个相对的概念，即与人相比，自然的脚步要缓慢得多。可极端地说，外在的世界，也处在永远的变动之中。为此，每一个人所看到的风景，都是不一样的。今天的月光，不再是“秦时明月”；今日之关口，也不再是“汉家关隘”。“人不能第二次走进同一条河流”，就是这个含义。

可是，中国的所有风景区，景点都是“有标题”的，庐山也不例外，以山峰为例，有香炉峰、鹤鸣峰、双剑峰、姐妹峰、文殊峰、龟背峰等。山，总要有一个名字，也就罢了，可这个景点偏偏叫“五老上山”——意思是，五个老人弯腰驼背在爬山；另一个景点叫“龙蛇斗”——一条大蛇和一个巨龟，在打架；一个景点叫“猿猴探水”——一只猕猴从悬崖上倒挂下来，去水潭里喝水；又一处风景叫“领袖遗容”——像死去的伟人躺在苍茫的天际线一样。

本来，每一个人眼界不一，看到的风景也各不同。这样一“命题”，可热闹了——看不出来的，怪自己笨，并为此背上了很重的思想包袱；看出来的，洋洋自得；有些人，没看出来，可担心别人说自己笨，也说看出来了。于是，大家看到了相同的风景，皆大欢喜。殊不知，这是一个多么滑稽的事情。“横看成岭侧成峰，远近高低各不同”——不一样，你看到的和别人不一样，和前人不一样，很正常；和他人一样，和古人一样，才不正常，才可笑呢！

记得研究生期间，看过一部没有名字的电视剧。剧中，一个老太太在家看电视，此时，来了几个 FBI（美国联邦调查局）特工人员，在老太太家里

找东西。找了半天，什么也没找到，却发现老太太的电视，只有图像没有声音。一个FBI人员好奇，就问老太太：

“您的电视坏了吗？”

“没有。”

“您的耳朵听不见吗？”

“听得见，听不见我怎么能和你说话呢？”

“那你为什么不开声音呢？”

“我按我自己的理解看。”老太太说完，眼皮都没动，继续看自己的电视。神气的FBI人员，一个个灰溜溜地走了。

每一个人的眼睛里，都有一个不一样的世界；每一个人都应该按照自己的理解，去观察和欣赏这个世界。肖邦是著名的“钢琴诗人”，他坚持不给自己谱写的钢琴曲写“标题”，所以，他的钢琴曲，都是“无标题音乐”。有标题的，都是后来的“好事者”给加的。

庐山也有“好事者”，这就是庐山风景区管委会。他们真是好心，怕游客们看不到“标题风景”，就在景区的固定地点、固定高度和固定角度，设置了许多“取景器”——因为，取景器的地点、高度和角度固定好了，透过“取景器”看到的必定是一样的景色。可以想象，旅游旺季，成群的游客在“取景器”后面排队，一睹被庐山管委会设计好的风景。

世界之大，无奇不有；可庐山的这种做法，还是让我感到新鲜。

庐山风景区管委会的做法，是有传承的——中国的文人雅士、达官贵人，尤其是帝王将相，每到风景绝佳处，就来了精神，常要挥毫题刻。现在，凡是风景优美的地方，总能看见“某某到此一游”的涂画，这种坏习惯，和高官名流之题刻，盖出一源。

没有人考证过这种传统之始作俑者是谁，我也没有胡适先生那么渊博的学识，去追根溯源。我只是有一种“不善”的联想，觉得题刻大约是因为人类的动物性未泯。比如狗，出了门，怕自己忘了返回的路，就在途经的路上，每隔一段，在一个角落里撒尿，作为“到此一游”的气味记忆，回家的时候，就有据可查了。

狗是一种家居动物，和人类相依为命。完全自然状态的野生动物，也有依靠气味划分势力范围的习性。非洲草原上的雄狮，就在自己的地盘周围拉屎拉尿，以传达一种信号：“我的地盘我做主。”有了这种警告，其他动物就都敬而远之了。森林里的猴子、狼群，莫不如此。

平民百姓，没有显赫的实力，题刻，像狗狗，只能说明自己曾经来过；帝王将相，威震一国，四处留墨的用意，与狮子类似——他们在向人民炫耀，这是他的地盘，地盘里的物产和人民，都是他的所有。

庐山乃天下名山，名人和帝王的题刻，自然不在少数；更有不自量力的旅游者，也在山上到处“留芳”。坦率地说，我对任何的标题、题刻，都没有任何的兴趣——每一个人都是独立的个体，都有与生俱来的不可复制的天赋，都应该按照自己的理解，走自己的路，看自己的风景，而不是去看别人看过并规定的风景。

风景，不需要标题；风景，也不需要题刻——不论，它是来自谁，与自然之永恒雄奇相比，都是微不足道的。

锦绣谷的早晨

雪后庐山，十分安静。游客像冬眠的北极熊一样，躲在被窝里。游客不起床，为游客服务的本地人，也不必日出而作。早晨7：00，在任何一个城市，都是车水马龙、人声喧闹的时刻，庐山的早晨，却依然笼罩在冬雪营造的梦境之中。

通往锦绣谷的路上，只有我一个人。主路上的雪，堆在路边的人行道上。一夜风寒，积雪异常坚硬，走在上面，不再有踏雪的温柔，只听见咯吱咯吱的响声。如琴湖静静地停泊在两山之间的峡谷中，水波不兴，山色倒影。有一个四角朝天的亭子，浮在水中央，宁静而安详——据说，这是一个

著名景点，有关庐山的风光片，都有它的影子。

锦绣谷，和如琴湖一路之隔。路的一边是如琴湖，另一边是锦绣谷。分隔锦绣谷和如琴湖的马路，其实是一条水坝。雨水充分的时候，如琴湖的水，沿着锦绣谷倾斜而下，由庐山脚下进入鄱阳湖、长江和东海。山高水远，地久流长，普天之下，四海相连。

我去得早，景区还没开——没有人收“买路钱”，谁都可以自由出入。在中国，在这么好的地方，这种情况可不多见。锦绣谷，藏在两山之间，因为难见天日温度太低，残雪成冰。最美的是树上的冰挂，太阳一出亮汪汪，好像大海深处巨大的珊瑚树一样，晶莹闪亮。

我一个人，小心翼翼地往前，平路和上台阶不要紧，下台阶，要格外注意。稍不留心，就可能“人仰马翻”。可看的景点有天桥、好运石、蒋介石和马歇尔的谈判台、仙人洞以及毛泽东写“无限风光在险峰”之处。对此，我都一掠而过，全无兴趣。越过山口，远处雾色苍茫，天地昏黄，浩瀚的田野，消失在层层暮霭之中——估计是空气污染所致。

锦绣谷，却是另一种境界。“千山雪未消，万树叶潇潇。空谷谁与归，时时闻啼鸟。”这是我写的，“继承并发展”了柳宗元和杜甫的诗歌。前两句，来自“千山鸟飞绝，万径人踪灭”；最后一句，是杜甫“处处闻啼鸟”的变形，柳杜双绝，天地之和，庐山胜景，只有这种空前绝后的文字，才能相配。

要说明的是，柳宗元之《江雪》所描绘的，与我见到的、描写的风景大不一样——我到庐山的时候，乃雪后放晴，残雪消融的风景，在阳光照耀下，已经支离破碎，树枝上的冰凌、冰花、冰棍，在重力和太阳的双重作用下，带着树叶，啪啪地落个不停。有时如天女散花，更多的时候如冰瀑崩落，哗啦哗啦地撒了一地，破碎的冰花像水晶一样。幽深的锦绣谷中，只有早起鸟儿的美妙歌唱声。

我没有听过这么好听的声音，空谷鸟鸣，出世绝尘，非文字能尽言。我想用新买的手机把鸟鸣录下来，可不成，设备太简陋，记录下来的，是空谷足音——我看了一下时间，不早了，赶快回到宾馆，和我们团会合。

上午的行程，和我早晨走过的一样，游而时习之，不亦乐乎，我又走了一遍老路，人多脚杂，人声喧哗，只是，曾经动听的鸟鸣再也没有了——所有美好的人、风景和音乐，都是偶然天成，非人力所能为、所能改。这算是我一大早起来，在锦绣谷的一点心得，谨与各位分享。

蒙古包今昔

我不知道蒙古包算不算蒙古族的“族粹”，但是它的命运却注定和“国粹”一样，慢慢消失。有人会说我瞎掰：君不见，蒙古包像星星一样散布在无边的草原上，怎么就平白无故地说其消亡了呢？

实际上，所有的蒙古包，都是为游客预备的；蒙古人，准确地说是牧民们（因为，有些牧民是汉人，也有蒙汉联姻的），都住在平房里。这些平房，或砖或泥，但再也见不到我们熟悉的、记忆中的蒙古包了。

游客不远万里来到蒙古草原，住在“假蒙古包”里。“假”，不是说“蒙古包”是假的，而是说，一方面，蒙古人已经不住蒙古包了；另一方面，游客住的“蒙古包”，和原来的蒙古包，只有几何意义上的相似，材质、内饰和构造方法，已然“改变了模样”。牧民则彻底“汉化”了，住进了北方农村最常见的“四合院”——草原地广人稀，不缺宅基地，所以，牧民的“四合院”只有坐北朝南的一面住人，其余三面，则是象征性的围栏以及圈养牛羊、储存饲草的土墙。

牧民的蒙古包，棋布星散。在广阔的草原上，最近的两个蒙古包之间，也像牛郎织女星一样，遥遥相望，彼此都把对方看作天边的一颗星星，“鸡犬之声不闻，老死不相往来”。为游客准备的蒙古包，像一个军队方阵，整整齐齐地排列在一个相对集中的旅游点。这种模式，和牧民的居住方式，是完全不一样的。

要了解蒙古包的消失，就要知道其产生的原因。草原民族，为什么会选择蒙古包呢？

石头、木材和土是先民们造房子的三种必然选择。可是，西起新疆阿尔泰，东至大兴安岭，北至贝加尔湖，南到阴山山脉，方圆数百万平方千米的蒙古高原上，能用什么呢？

第一，没有石头。只有小石子和沙子，没有大块的石头，更没有能提供建筑材料的山脉。

第二，没有木头。没有森林，也没有树木，只有漫无边际的青草。草原上偶尔可见的新疆大叶榆树（耐寒、耐干），牧民们是舍不得砍伐的，因为它们是隐没在深草之中的家的唯一可能的标志。

第三，没有砖头。土是有的，可是，把土烧成砖，既需要大量的燃料，也需要不少的水。这两样，在草原上都是非常稀缺的。所以，牧民也不可能用砖盖房子，直到今天，砖房都是很奢侈的。

茫茫草原，是一个典型的“三无地带”。不过，人民群众的智慧是无穷的，所谓“踏遍草原无觅处，得来全不费工夫”，最好的建筑材料，出在羊身上。以毛毡、毛毯和毛绳为主，加上少许极为宝贵的木条，不用任何金属、砖瓦和水泥，就能搭起一处可以仰望星空的、冬暖夏凉的蒙古包。冬天，在蒙古包的四周再包上一层厚厚的毛毡，然后用毛绳将毛毡和蒙古包紧紧地捆扎在一起，就像人系腰带一样，系上“腰带”，毛毡和蒙古包结为一体，不会被大风吹跑；夏天，更简单了，只要拆了毛毡，就凉快了，和人脱掉厚重的冬装一样。

蒙古包的好处有很多，如拆装容易、轻便、易于维修、便于移动，等等。总之，它是蒙古人民在长期的生产实践和社会斗争中创造出来的最适合草原环境与游牧生活的建筑形式。不过，它的坏处也显而易见。

第一，空间狭小——因为没有足够高大的木材，因此蒙古包的体量非常有限。太高，如“木秀于林，风必摧之”，容易为风所破；另外，蒙古包是用毛绳扎起来的，如果半径太大，人力难及，蒙古包就不结实了，容易松懈和散架。

第二，没有功能区分——蒙古人的绝大部分活动，都是在蒙古包内进行的；除生产之外，生活、生殖、吃饭、穿衣、睡觉、宴乐会客，All In One。和20世纪80年代之前的中国人一样，厨房、卧室、会客室，一个也不少，但是分时进行的；和演戏一样，蒙古包内，不同的时间，上演着不同的生活片段，变换着不同的场景。一会儿歌声大振，是一个小型的Party（聚会）；入夜，万物俱寂，人也在蒙古包的穹顶下安静地睡着了。

第三，没有空间分隔——蒙古包是一个整体，其间没有分隔。老人和孩子，男人和女人，不同的工作，都在同一个“屋檐”下进行，相互干扰是不可避免的。

如此说来，蒙古包根本不是宜居之所，更不像我们在远处看到的以及歌里唱得那么美好，而是在严酷的自然环境围逼下的无奈之举。所以，一旦人们有机会离开蒙古包搬入更先进的四合院，蒙古包就被牧民们彻底抛弃了——这就是蒙古草原上一种最独特的风景：游客们在蒙古包里体验蒙古人的生活，蒙古人则在四合院里享受他们的新生活。

民族的，也是世界的；越是民族的，越是世界的。不能否认蒙古包是民族的，纯民族的，可是，它是世界的吗？不是。别说全世界了，连全中国也罩不住。

2010年7月16日

丽江回来不看城

丽江，美在自然

大概是2001年，我去了“六朝古都”洛阳，啥也没看见，估计是没带洛阳铲的原因。为此，我发了一个狠誓：中国的城市，再也不看了。

中国的城市，千城一面。不是“葡萄胎”，也是复制或者仿制品。洛阳仿西安，杭州仿汴州。看了汴州，就不必看杭州；去了北京，就不用再去西安。反之亦然。

“五岳归来不看山，黄山归来不看岳”，要是从丽江回来，中国的城市，就不用再看了。因为，丽江是中国城市之美的“终结者”。不仅如此，如果对城市历史、城市设计与规划有所了解的话，你会发现：丽江是中国的，也是世界的；丽江是东方的，也是西方的。丽江是西方城市的缩影，换言之，丽江是西方城市在中国的唯一正式代表。

中国城市，有两类：一类是由行政中心生成的，如各个时期的都城、州府和县衙所在地。北京（包括元大都、明清皇城）、南京、西安、洛阳、开封、杭州、安阳以及荣登世界遗产名录的平遥古城，还有大理古城，均在此列。这一类，是中国城市的正统。

正统，有正统的规矩。这一规矩，是由儒家经典《周礼》颁布、历朝历代遵照执行的。《周礼·考工记》中记述了古代都城的制度："匠人营国，方九里，旁三门。国中九经九纬，经涂九轨，左祖右社，面朝后市，市朝一夫。"有了儒家这么"伟大的"设计，后来者就简单了，只需要"拿来"即可。

正统城市，有如下特点：

围墙和壕沟——古代行政性城市，都有围墙。规格越高的城市，围墙越高越厚。早期比较穷，围墙是用土夯起来的；后来阔了，就在外面包上一层砖，加固一下。明代北京城墙，就是这么修的。城外，再挖一条壕沟，绕城一周，是为护城河。围墙和壕沟，对于保护专制统治者，肯定是有效的。即使没有实质性意义，也有心理上的安慰。

然而，对于城市功能，围墙和壕沟却是致命的伤害。第一，它割断了城市与外部世界的自然联系，城市居民生活所需，不得不通过城门出入，十分不便。第二，围墙成为城市自然生长或缩减的天堑。城市是一个社会生命体，它有扩张的欲望，也有陷入低潮的萎缩时期。当其衰落，城市人口就会减少，规模也会缩减，可是，城墙早修好了，大而无当浪费无数；反之，人口增加、城市规模扩大的时候，城墙又成了不可逾越的障碍。在这个意义上，北京城墙被拆，是不可避免的。因为，不拆，城市就不能可持续地发展。

方正和对称——隋唐之西安，北宋之开封以及"号称世界上最美"的都城北京，都方方正正，或者，尽可能方方正正。城市，像棋盘一样，被切割成规规矩矩的小方格。都城，三横三竖；州府所在地，两横两竖；县衙驻地，一纵一横，也就是十字街。山西平遥老城，就是十字街。横平竖直，左右对称，中间是贯通南北的中轴线。北京，自永定门开始，前门、午门、紫禁城三大殿、景山、德胜门、奥林匹克大道、奥林匹克公园和仰山，构成世界上"最完美"的中轴线。

中国人，将这种棋盘式城市布局，看作城市规划的伟大范例。大众无知，这么认为也就罢了；偏偏是一些所谓爱国的建筑学家，也这么说。我很不解，也很不屑。要是四四方方的城市格局也是设计，也需要设计，那么，一望无际的原野上，棋盘状分割的整整齐齐的土地，是不是堪称更为美妙的设计和更为壮观的大制作呢？同样是四四方方，不好厚此薄彼吧！不能因为一个是农民群众干的，一个是儒家经典说的，就有高下之分吧！

衙门居于城市中心——方正和对称，并不是中国城市的核心理念。对称只是手段，而不是目的，目的是要突出统治者无可替代的中心位置。只有对称，才有中心；只有对称，中心才是唯一的；只有唯一，才能显示其尊贵和不可一世。国无二主，在儒家的政治体系里，是不允许出现两个中心的。与此相对，在中国的行政性城市里，也绝对不会出现两个中心。都城如此，省府如此，县衙也是一样。

“天子在中央，大臣列两旁”；中国的城市，绝不是自然地理要素的有机组合，而是中国政治结构的同义反复。有什么样的政治体制，就有什么样的城市构成，上至国家，下到州府和家庭，无一例外。

还有一点，中国的都城，都与河流保持安全距离，如北京和永定河、潮白河之关系一样。原因非常简单，怕打仗的时候，敌人占据河流上游，然后蓄水攻城。果如此，四面高墙的城市，就成了大水缸；城里人，就成瓮中之鳖了。因此，中国的都城，没有一个在大河两边，也就是说没有穿越整个城市的、水量足够的水源。所以，饥渴是中国都城的通病。皇室不怕，有专门的太监毛驴车队，到西山脚下玉泉山上拉水；苦的是百姓，一早起来，就要为喝水和做饭发愁。

丽江，显然不是中国的正统。

非正统城市，大多是自发形成的商业中心。如陆上驿站、交通关口、商品原产地和集散地、两河交汇之处以及江河入海口等，历史上的武汉三镇、景德镇、近代的上海、明清时期运河两岸的天津、临清、济宁、台儿庄、扬州、镇江、苏州、杭州，均属此类。丽江，是茶马古道上，由滇入藏的最后一个驿站，其兴起和繁荣，是行走在云贵和川藏高山深谷之中的商队和马帮马驮人扛出来的。

丽江，没有城墙，更没有壕沟。它是开放的，背靠玉龙雪山，面向东南平川。高山，带来了西藏高原奔腾、清凉、甘甜的雪水，和藏区的酥油、皮革、名贵药材和耐力十足的马匹；平川，传颂着“风花雪月”的故事——“下关风，上关花，苍山雪，洱海月”，随着一路北上的马帮，也汇聚到丽江古城。

丽江古城向所有方向敞开，条条道路都通到这里。和城墙阻挡的正统城市不同，人们从四面八方通过街道、小路、巷子、石桥，甚至山上的羊肠小道，进入丽江，进入四方街。四方街是丽江的中心，是从西藏到四川、大理以及金沙江流域这一广大区域人民真心向往的地方。他们来这里，交易、约会、庆典、游乐、休闲，享受雪山的清凉，酥油茶的浓香，收获快乐和永恒的美妙时光。

丽江，既不方，也不正，更不对称。它不是某某人完美设计的结果，而是过往的马帮、商队和当地居民自发建造的市镇。丽江因水而生、而盛，玉龙雪山的雪水刻画出丽江古城的外部形态和内部结构。“雪水出玉龙，天然去雕饰”，丽江，乃鬼斧而非人工。

玉河泉水自黑龙潭奔流直下，入城之后，一分为三，三分为九，再分成更多的溪流穿城而过，像一片叶子的脉络，繁复而不杂乱。民居、商铺、广场、马厩和客店，临街而建，依水而居。曲折的小巷，“随波逐流”，像水中的青荇一样婉转。没有僵硬笔直的街道，也没有千篇一律的房子。每一座房子，都是曲折的河流和弯曲的街道剪裁而成，之后，再拼成一幅巨大的空间画像。没有哪一座建筑，有居高临下的权势；也没有哪一座房子，是其他建筑的附庸。每一所房子，都是独立的、精巧的，各具风采，各有千秋。

丽江的中心，不是木府（木府，是明朝之后，统治丽江古城的土司府邸；木，是明朝赐姓），而是四方街；不是衙门，而是五条街道交会的广场。在中国古代城市里，这是一个特例，商业力量取代权势成为城市的中心。先有四方街，后有丽江城；有了丽江城，才有木府衙门。丽江古城，再一次验证：人民，只有人民，才是创造世界的根本动力。木府衙门，只是偏安一隅的一所老宅而已。丽江，历经千年而魅力依旧，更证明：自发形成、自由生长、自然演化的城市，胜过任何人的高明设计，并具有更为长久的生命力。

试想，儒家学者拿到丽江这块地之后，会做何设计呢？

一种结果是，他无从下手。这么复杂的水系，这么不平整的土地，儒学家们没遇到过。因为，儒家的伟大设计，从来都是在一块平整如水、广阔无边的原野上展开的。非此，不能做大手笔；非此，不能搞设计，更别提建设。要是一定要建，儒家学者会把自然形成的水系，统统改到一边，让河水绕城而过；然后，清出一块空地，挖高补低，平整土地。四四方方，平平坦坦之后，就走上了“正规”——“匠人营国，方九里，旁三门，国中九经九纬，经涂九轨，左祖右社，面朝后市，市朝一夫”。一切照旧，一切如旧。又一座精心设计的城市，诞生了；可是，人类文化遗产丽江，却永远地消失了。

有人会认为我在编故事，认为我在造儒家的谣。你要不信，可以去大理。看看大理古城是什么样子——和丽江距离不到 200 千米，地理条件相似，然而，大理古城之设计和建设，完全置大理独特的自然环境于不顾，又造了一座和所有正统城市一样四平八稳、道路井然、房舍严正、城墙威猛的方城。要是所有的城市，都一样方正，需要设计吗？叫设计吗？把北京看作“伟大设计”的人，有何话说？

自然，是美的；自然的，也是美的。丽江，是自然的，丽江也是美的；丽江，美在自然。由此观之，所有人为设计的四四方方的一座城，在我看来，不过是一个个深壕高墙的堡垒，不过是城市木乃伊、怯懦者的掩体、盲从者的围栏和一种即将入土的文化棺木。

丽江回来不看城。至少，中国的城，是断然不用看了。

消失的丽江

对中国人而言，幸运的是有一个丽江，不幸的是只有一个丽江。

人们不远万里，为了一个共同的目标，走到一起来了。这个目标，就是寻找一个安静、干净，悠闲自在的小城——没有大都市之喧嚣，却不失尘世

之繁华；没有王侯之奢侈，却有花花公子之潇洒；没有大浪淘沙，却见小桥流水；不论春夏秋冬，总关风花雪月；城重如山，不随岁月而变迁；逝者如斯，过眼皆是好时光。

“这样的要求，算不算太高?”

其实，不高。

历史上的中国农村，虽赶不上丽江，也不会差太多。因为，人类是逐水而居的。任何一个城市，特别是乡村，一定是和江河溪流联系在一起的。人类的一切生活，都是因水而生的。水，既是生活的，也是艺术的；水，既灌溉了土地，也使人们的精神像水一样灵动、活跃、浪漫和逍遥自在，生气勃勃，与日俱新。山不在高，有水则灵；城不在深，有水则盛。没有水，一切都归于平淡和枯寂。没有水，就要去寻找，无论有多远，无论走多远。

来丽江，都是来找水的，也都是来看水的。可是，来的人多了，麻烦也就来了。丽江古城，面积3.8平方千米，原住民约3万。2009年，进入丽江的游客是7581400人次，日均2万人。每个来丽江的，都像找到了自己的家一样，乐不思归。以每位旅客逗留三天计，则每天在丽江地面上，寻寻觅觅、流连不去的，将达到6万余人，我也是其一。

本来，丽江是丽江人的，也是山间马帮的，但归根结底是丽江人的。现在，丽江的历史翻开了新的一页。丽江是丽江人的，也是外地人的，但归根结底是外地人的。曾经，藏在高原人未识的小镇，一夜之间，日日酒会夜夜笙歌。山外青山楼外楼，大研（丽江，原名大研古镇）歌舞几时休?暖风熏得游人醉，直把丽江作杭州。

五湖四海的外地人，怀着不同的梦想，来到丽江。有发了财的地产商人、流浪音乐人、手工艺人、小资阶级、纯商人、没找到工作的学生、没什么钱的国外背包客，他们来丽江，不是来玩儿的，他们不是过客，他们来了，就不走了。他们驻扎下来，租用原住民的房子，翻修改造，整旧如新，商铺、饭店、酒吧、客栈，一字排开，布满了丽江的小街小巷。原住民离开了，迁到古城外的公寓里，安享房租带给他们的美好生活。丽江，被外地人全面接管。

马帮驼铃，被拉杆箱摩擦五花石的噪声所替代；KTV 里的咆哮，经夜不息，取代了宁静的夜空里偶尔的狗叫；来往的人群，使得半夜两点的四方街依然人声喧哗；一样清澈的河水里，流走的不再是亮晶晶的月光，而是花花绿绿的 laser（镭射）。放荡的色彩，辉映着乱哄哄、鬼魅一般的人影。纯净的溪流，穿过漆黑、幽静的夜晚时光，这样的景象再也不能重现。一个人，坐在墙角，数着马帮，听着驼铃，迷迷糊糊睡去的时间；两个人在三眼井，一边洗衣洗菜，一边拉家常的生活；一家人坐在院子里，喝着普洱茶，仰望玉龙雪峰的时光，一去不回。

丽江，变了——约翰·列侬 40 岁的时候，他的一个铁杆 Fans（粉丝）闯进他的家，对着列侬连开 6 枪，然后，指着列侬的尸体说："他变了。"

列侬死了，他是否变了，已经不重要。丽江变了，它是否会因此而死去，需要深思。

抄公园后路

黑龙潭是丽江城北的一个公园，风景上佳，且是全丽江饮用水的取水点。公园内，有激流，无险滩，北望玉龙雪山，俯瞰水中青荇，水流无色，深池乱翠，是古城之外的一个好去处。

好去处，都归政府管，就像以前所有风景绝佳处，都有寺庙把守一样。门票 80 元，外来游客，无一例外。

我没想逃票。一个人，出古城北门，沿着玉河逆流而上。路边，有一家卖围巾的。纳西风格的色彩搭配，鲜艳而不落俗套。我想买一条，因为是一大早，店里只有我一个人。在我挑挑拣拣的时候，一个小男孩和我搭话。

"你去黑龙潭公园吗？"小男孩问。

"去。"我心里并不确定，只是好奇小男孩有什么打算，才说去。

“那我带你去吧！你自己去，80 元；我带你去，你给我 20 元。”

我问：“确定吗？”

他说：“没问题，我把你带进去，我知道一条小路。”

我再问：“你多大了？为什么不上学啊？”

他答：“我是孤儿，早晨被我后妈赶出来了。没地方去，这个店铺的阿姨叫我来吃饭。我带你去的话，可以挣点钱。”

我给了他 20 元，又买了一条纯棉的围巾，准备送给我家的美国女孩，就随他出门了。

小男孩在前，我在后。他走的不是“寻常路”。我们爬上一个小山破，路很窄，或者说，“本没有路，走的人多了，也便成了路”。估计，走这条路的大多数都是我这样的人，领路人估计都是那个小男孩。

我就问：“你每天能带几个人？”

他说：“没几个。”

我说：“那你靠什么吃饭。”

他说：“我擦鞋，可是，昨天擦鞋的工具被城管搜走了。”

我们的道路，并不平坦。一个建筑工地，拦在小路上。大堆的沙子，挡住去路。小男孩自己身轻似燕，回头看我，说，你要小心啊。

过了这一关，小男孩和我说，前面有两条狗，你别怕，狗是拴着的。

他很老练地对着第一只狗，做了一个别出声的手势。可是，狗并不领情，叫唤得很凶。一只叫了，另一只也跟着起哄，第三只也叫得非常起劲。

这是一所老式房子的背后。小男孩和我说，我就送你到这里，下去，就是黑龙潭公园了。

我转过去，果然，看到了熙熙攘攘的人流。我连着跳下几个台阶，混入人群，既有成功的喜悦，也有冒险的刺激。

这次“越狱”，我很高兴。但明人不做暗事，特写此文以记之。

2011 年 4 月 27 日

鸽子河上的鸭子

我老家是太行山余脉上的一个小村子。一条小河波浪翻，风吹浪花过两岸，一条名叫鸽子河的小河，把山村分成东西两部分。夏天，暴雨来袭，河道里涨满了水，和黄河水一个颜色的洪水，咆哮而去。此时，两岸断交，也不用上学，人们都站在岸边看水。大人们忧心忡忡，小孩子兴高采烈——因为，我们知道，洪水过后，就是清凌凌的河水。逮鱼、摸虾、游泳、跳水的季节，又来了。

整个夏季，河道里清流不息。山村的生活，在小河的两岸展开。从早到晚，哗啦啦的河水，总是伴随着妇女们的嬉笑，孩子们的喧闹和少男少女的打情骂俏。上游，是洗菜的；中游，是洗衣服的；再下游，是饮马饮牛和洗刷日用品的。最上游，是一丝不挂游泳的小男孩。吃了午饭，他们就三五成群地在这里集中，游泳、打水仗、打水漂，直到下午上学，才各自离去。

秋天，水量少了，但水更清，鱼儿更多，也更大。水草悠悠，河水漫漫，河滩上晾着红薯片、白萝卜片和胡萝卜片。人们在秋天里收获，为冬天储备。偶尔，也有鸭子巡游。在北方，鸭子是很少见的动物。有一年，在我们村驻训的某军队，养了一群鸭子。它们是唯一的一群，既没有天敌，也没有竞争者，因此，轻而易举地获得了“制水权”。河面上，处处可见它们列队巡航，有时一字排开，有时八字齐飞，更多的时候是梅花乱点，和美国第七舰队一样。

河里的小鱼、水草以及河滩上的红薯、萝卜，是它们最好的食物。不

过，农民可不答应，农民可不愿意让鸭子吃免费的三餐。农民的儿子，也不答应。他们准备保卫自己的胜利果实，消灭“胆敢来犯之鸭”。我哥，是其中最勇敢的一员。

我们只是把鸭子赶走，不让鸭子吃我们的红薯和萝卜——它们吃了，我们就少了或没了，并不想伤任何一只鸭子。本来，鸭子只是“小偷小摸”，罪不大焉；再者，它们的身后是攻无不克、战无不胜的强大的人民解放军。打狗看主人，撵鸭子，也要看形势。

可是，也有走火的时候。有一次，我哥一个石子飞去，打中了一只鸭子。鸭子扑棱了几下，就没气了。这下可不得了了，我哥顿时没了主意，只想赶快毁尸灭迹。于是，提着鸭子，跑到河里，掀起两块石头压住，再用水草把鸭子盖住，然后迅速逃离现场。以后，就算被发现了，也可断定鸭子是“自杀”，或者是“溺水而亡”，反正，没有我们的干系。

快到家的时候，三宝（邻居家的三儿子）过来说：我看见你们打死鸭子了，如果你们不把鸭子分给我吃，我就向解放军叔叔揭发你们。

事儿闹大了——我们没想吃鸭子。因为，吃鸭子带来的满足，不足以抵消打死鸭子的恐惧。我们宁愿那只鸭子永远沉在河里，也不愿意因为口腹之欲，招来难以预计的麻烦。埋在河里，鸭子就算被发现了，也无对证，找不到我们头上。可要是吃鸭子，就是自找麻烦。问题是，三宝同学想吃鸭子，他其实是可以在我们走后，独吞鸭子的。他是目击者，看见我们打死鸭子，也看见我哥把鸭子藏在河里。

但，他是胆小鬼。于是，想了这么一个两全之策，既能吃到鸭子，又不承担风险，何乐而不为呢？三宝不是聪明人，直接说就是笨蛋。至今，还在为吃上一只鸭子奋斗呢！或者说，这一生，最美味的，无过于那只鸭子了。可在利益面前，他居然设计得如此周到。显然，利益面前无傻瓜，市场的独特之处，正在于此。

我们哥俩的贼，算是做定了。想想，把鸭子取回来、去毛、宰杀、煮熟、吃光，再把骨头、鸭毛全部收拾干净，该是一个多么复杂和漫长的过程，稍不小心，就可能被发现。

晚上，三宝带着他弟弟四宝也来“分一杯羹”。这使得“消灭”鸭子的速度更快了。大部分时间，是我母亲在忙碌。吃，只在一瞬间，即“秒食”，风卷残云，鸭子就不见了。但，我从来没觉得那只鸭子有什么好吃的，我哥和我同感，三宝、四宝两兄弟，当然是另一种感受。

我们高兴的是鸭子总算处理干净了，尤其是三宝和四宝兄弟俩吃得很爽，乘兴而来满意而去。一切都恢复了平静，没有人询问那只鸭子的下落，驻军没有，村民也没有。如果不是我今天写出来，恐怕谁也不知道那只鸭子的去向——总有一些秘密，除当事人之外，无人知晓。也说明，大多数犯罪团伙的败露，在于分赃不均。再说明，如果个人利益得不到公正公平的保障，集体利益必然毁于一旦。有一个人告密，大家全完蛋。更说明，我们两兄弟，是公正的。

我多想像孔夫子一样，站在鸽子河边，看着远去的河水，说：逝者如水。然而，从我 1979 年离开至今，30 年来，鸽子河水日益减少。先是“青黄不接”——等不到夏天雨水补给，春天就断流了；后是秋冬连干，秋冬两个季节都没有河水；最后，即使在夏天，雨水最集中的季节，洪水也是一泻而过，转瞬即逝，只留下裸露、干枯、乱石成堆的河床。

四季长流的河水，永远看不见了。这一切，只发生在 30 年之间。人类改造自然的想法，确实实现了，但不是改好了，而是改坏了。

2011 年 5 月 28 日

无关风花雪月的大理

本来，我可以从丽江坐火车，直接回昆明。可是我没计划好，从昆明出发的时候，就买了5月28日晚22：30由大理回昆明的火车票。无奈，只好再回大理。

丽江到大理的高速公路正在修，现在走的是国道。要是不修高速，这条公路够好了。可因为修高速，国道被运输建材的大货车，压得坑坑洼洼，有些路段，堆着钢材、水泥和石子。客车不得不在狭窄的国道上颠簸，不过没有人抱怨。大家知道，这是“交学费”——任何社会和技术的进步，都是有代价的。

下雨了，时大时小，时断时续。两岸雨声停不住，飞车已过万重山。雨，带来了清新的空气，也隐含着一种风险。“千万不要出车祸！”我想着，估计其他乘客也这么想。

怕什么来什么！

快到大理的时候，车停了。

出事了，还不小。不过，幸运的是，没有一个人受伤。半个小时没动地方，大家都坐不住了，我也去看。

一辆运输风力发电机叶片的大货车，转弯太急，长达50米的叶片，像巨大的鲸鱼尾巴一样，向外横扫，把对面驶来的客车玻璃，由前而后一扫而光。所幸，车速不快，乘客们来得及闪避。否则，不难想象，结果会是如何可怕——一半的乘客，将成为断头的兵马俑。

这是货车司机的无知造成的。我四处看了看，用手机拍了几张照片，用在《物流管理》课上。这是唯一和正业有关的。

事故车之后，还有七八辆同样的车，一字长蛇，排了很远。这个样子，想恢复通行，难啊。有些去昆明赶飞机的旅客，不耐烦了，嚷嚷起来。我反倒安静了，回到车上看《茶马古道》。

《茶马古道》，A4 开，纳西古纸，现代印刷。摸着，像软牛皮，每一张纸，都看得见其中纤维交错，没有工业品的精细，却有手工制品的质朴和温暖。插图是钢笔画，一丝不苟地复原了茶马古道上，先民们采茶、制茶、长途贩运茶叶的情景，以及由此建立起来的跨越滇藏川、尼泊尔、印度的，世界上最古老、最艰险、最具魅力的商业走廊。

这么一耽误，到大理已是傍晚了。

大理古城，有上千年历史，自唐而宋，元明相继，一直是中原王朝镇守云南地区的首府。所以，大理虽是白族和其他少数民族集聚地，但基本上已经儒化和汉化了。古城之布局，可以为证。尤其是在雨水连连的薄暮中，一个人走在古城规规矩矩、方方正正的街道上，除去苍山流水，顺着街道两旁的石板水渠，穿过夜色流入洱海之外，大理和平遥古城，并无不同。

对平遥，我没一点好印象——拥挤、杂乱、肮脏不堪，灰突突、黑魆魆的颜色，总让人和黄土高坡联系在一起。大理不同，它是干净的，街道上砌着平整的大理石；雨中，更是一尘不扬；它是清爽的，街道两旁的溪水，川流不息，随波送爽。独自在古老的小城，想走就走，想停就停，想看就看，想听就听。默默地，没有人知道我是谁。“天上飘着些斜雨，地上吹着些微风。啊！微风吹动了我头发，教我如何不想她？天上飘着些斜雨，地上吹着些微风。嘿！小雨淋湿了我头发，教我如何不爱她？”

路边，有几家古玩店。我依次进去，瞎看——对古董我不在行，也没想买。我只是看着这些老东西，推想一下古人是怎么过的以及如何“古为今用”。在丽江，一家珠宝店的座椅是马鞍子改装的。马鞍子，曾经是马帮的必需品；茶马古道不再，马鞍子也成了“废物”，可改装成座椅，古风犹存，老家伙有了新用场。

一直看下去。一样的店面，杂乱的布置，幽暗的灯光，满是污垢和灰尘的“古董”。不如此，显不出有年头来；正如艺术家，不把自己搞得不成人样，显不出艺术家的派头来。对此，我概不迷信——“有馅不在褶上”，是否有货，光靠包装是不行的。

我被两个近似圆形的骨质环吸引，我问：“这是什么？”

“象牙。”店主答。

“不是不允许买卖象牙吗？”我追问。

“这是老货，是藏区妇女扎头发的。”

象牙未经琢磨，内外圆都不规则，明亮但不耀眼，温润如玉，古朴若木，正中“中庸和谐”之道。对人，没有一见钟情；睹物，一望生情。

“多少钱？”

“600元！”

“太贵了，200元，行吗？”

“不行，最低300元。”

我摸出口袋里所有的人民币，不到200元。我说：“就这些吧。我没钱了，马上坐火车回昆明。东西，我确实想要！”

“不行！”

“能刷卡吗？”

“不行，原来有POS机，后来用得少，就拆了。”

“那你等着我，我去取钱。”

天全黑了，雨依旧下个不停，不紧不慢。我绕了一圈，找到一家农行，不巧，没钱，只好再找，等到我急急忙忙回到古玩店所在的街道时，才发现所有的店铺都关门了。

我找不到古玩店了，也不记得我去过的是哪一家。我有点急，越是得不到的，越想；越是要得到那一刻，失去了越觉得珍贵。就像一块嘴边的肉，掉在了地上；也像得了急症的病人，半夜找药铺一样，茫然无措。

店铺门板上有手机号，我依次打了，都不是。在这条街上，走了几个来回，雨水混合了汗水，我基本绝望了，敲最后一家古玩店的门。

一个戴眼镜的老者探出头来。

我大声说："是你啊，老板！"感觉就像地下党找到了党组织一样！

成交，出门，叫了一辆黑车，直奔车站。司机曾是驾校教练，红灯一概不管，勇往直前，好像冲过敌人的封锁线一样刺激惊险。他老人家（退休，白天种地，晚上开黑车）估计活得差不多了，谈笑风生。我有点害怕，右手紧抓着把手。

跑步上了站台，穿过乱七八糟的人群，上了车，放下行李，火车就开了——多亏那个不要命的司机，否则我就留在大理了。

大理，沉入夜色；列车，与时俱进。

2011 年 6 月 17 日

厦门速记

厦门美女多，景色也不错。
孤岛成一体，四季都快活。

白鹭浮绿水，红掌拨清波。
凤凰花盛开，灼灼红似火。

华侨陈嘉庚，实业救中国。
英雄郑成功，斩浪驱洋倭。

琴声鼓浪屿，四海涛成歌。
台风来无影，金门夫如何？

2011 年 6 月 21 日

备注：2011 年 6 月 18 日至 20 日，和小田去厦门。仓促之间，写诗留念。去过、熟悉厦门的，应该知道其中的意思。

厦门速记（第二版）

厦门美女多，景色也不错。
孤岛成一体，四季都快活。

白鹭浮绿水，红掌拨清波。
凤凰花盛开，灼灼红似火。

华侨陈嘉庚，实业救中国。
英雄郑成功，斩浪驱洋倭。

琴声鼓浪屿，四海涛成歌。
台风自轻狂，西风夫如何？

备注：和第一版相比，改了两句，即最后两句。

以我之见，在国内城市中，厦门算美女比较多的，其数量超过了苏州、杭州和上海。

厦门的景色，也很著名，如鼓浪屿、日光岩等。可我去了鼓浪屿，没上日光岩——想想，一个小岛上，晾着块石头，能有啥看头？

厦门是个岛，四面环海，面积约为158平方千米。因为这个原因，厦门的四季，都很舒服。

白鹭是厦门的市鸟。有一个鹭岛，是白鹭自然保护区，想去可没时间。

凤凰木是厦门的市树，花开的时候，红彤彤的一片，如晚霞一样灿烂——没见过这么好看的花。

陈嘉庚建立了厦门大学以及许多实业公司，是厦门人的骄傲，这是厦门的文治。

郑成功收复了台湾，成为了人们所共知的民族英雄，但他不是厦门人，而是泉州人——历史上，厦门是泉州的一部分。郑成功的塑像立在鼓浪屿的一角，面朝厦门岛，我觉得不妥，他应该面向大小金门岛和台湾才对。

鼓浪屿除了风景多，就是钢琴多。钢琴多，自然琴声多。其实，涛声盖过了琴声。

空巢的乡村（上）

北京人往纽约跑，上海人往东京跑；北方的往北京跑，江南的往上海跑；华南的往广州、深圳跑；省里的往省会跑，县里的往县城跑。自下而上"运动"的结果是：空巢的乡下。

我上小学、初中时是20世纪70年代末，我们村每个班有四五十个学生。如今，两千人的大村子，每个年级的学生数不足7人。我们村是乡政府所在地，和周围7个村子相比，是最大的。可以想见，另外7个自然村，小学还能办起来吗？办不起来了。

于是，一个乡合办一个小学。可是，一个乡有多个自然村，方圆至少5千米，距离太远了。让年仅六七岁的孩子每天往返，是一个不小的困难。

有别的办法吗？没有。

孩子少了，老人们显得多了。既没有壮年的男人，也没有壮年的女人，只有老人和孩子。在寂静的村落里，一边是无知的少儿，他们对自己的未来，完全不懂；另一边是无奈的老人，他们看到了自己的终点——冬天，在太阳底下；夏天，在阴凉地里；日日消磨，每消磨掉一天，生命也就减少了一天。

孩子们，会长大；长大之后，必然会离开，而且再也不会回来。所以，中国的乡村，正在逐步萎缩，和越来越衰弱的老人一样。中国的乡村，正在一步步地失去活力，直到死去。

谁来拯救乡村？有办法拯救吗？没有。谁也没有办法，这就是乡村的宿

命，也是世界的潮流。

6月初，我给姑父打电话，问："是不是该收麦子了？"

姑父说："收什么麦子啊，就没有种。种麦子的，十户里边连两户也不到。咱们这边山区，基本上不种麦子了。只有东边，石家庄东边的平原地带，才会种麦子。咱们种麦子不合算，有时候甚至赔本，所以，早没人种麦子了。"

核算一亩麦子的本和利，就免了。略有点农业经验的都算得出来。

我们村的青壮年，多去石家庄打工了。农民没有其他技术，干泥瓦匠、盖房子、做木工的很普遍。在石家庄，日工资是170元，管吃管住；在本村，日工资也要120元，比石家庄便宜50元。砌一块砖，一毛五分钱；一个熟练的瓦工，一天砌一千块砖不是什么难事，也就是一天至少能赚150元。即便面粉3元一斤，一个壮劳力干10天，也可以买100袋面粉了。

我们村的人均水浇地，不足一亩；一亩水浇地，也打不了一千斤小麦，更出不了一千斤面粉。再说了，要想一亩地收获千斤粮食，需要耗费半年时间，从冬天到夏天，且极为辛劳。撅着屁股、猫着腰，在6月的骄阳下割麦子的滋味，即便是农民，也并非乐在其中啊。

如此，麦子还能种吗？不能。我们村不能种，其他村能种吗？我们县不能种，其他县也不能种。人均耕地少的山区，更不能种了。

这就是市场。这是谁也无法阻挡，谁也改变不了的。

我1979年夏天离开，至今35年了。离开时，是一个毛头孩子；如今，已经是一个顽固不化的半大老头了。7月底在黑河，一个出租车司机问我："你一个人来的？没带着老伴一起玩儿啊？"这是我第一次听人说我老了。心里不悦，但事实如此。谁能抗得住时间呢？

往家走的路上，一只小狗拦住了我，它向我撒娇，直接躺在地上。我家养了一只狗，对此有了经验。所以，我就弯下腰来给它按摩。它那么活泼，在我脚底下，让我好开心。我在想，要是它没有主人，我就把它带到北京。

给小狗按摩时，不远处的一个老人在铲土。我觉得面熟，问他：你是彦文叔叔吗?

他说:“是。”但语速很慢，细看，他的手、脚行动都有些不利索。

我问:“你今年多大了?”

他说:“62 岁了，和你三叔一样大。”

我说:“你结婚的时候，我还去吃席了。真快啊，转眼 35 年了。你老了，我也快 50 岁了。”

彦文叔叔把我让进院子里。婶子出来了——曾经的小媳妇，已经成了小老太太，身体倒是好。她非常热情地踩着凳子，从葡萄架上给我摘新鲜的葡萄。我说:“您可小心，要是摔了您，我可罪业大了。”她说没事儿，她每天都要爬上爬下的。

彦文叔叔和婶子，有两个孩子，一儿一女。女儿出嫁了，就在本村。儿子还没结婚，但也快了。现在，他们正在为此忙碌呢。女方要的彩礼是 68000，这是现金，还不包括衣服、首饰和宴席钱。后三项，哪一项也要万把块钱。所以，要把新媳妇娶进家门，没有十万元，门儿也没有。

房子不是问题。这个院子不大，门开在东边，所以西屋是正房。房子是两层楼，上下 8 间；北屋也有 5 间房子，合计 13 间房，两代人住绰绰有余了。但实际上，儿子只是在家结婚，婚后并不在家里住，因为要在外面打工。

我说:“你们老两口，住这么大院子，真是宽敞啊。”

他说:“可不是嘛。现在都是这样，整座整座的院子空着，大片大片的房子都没有人住。你说说，咱们的老街，哪儿有人呢。”

于是，我就和他一户一户地算起来，从巷子口一直数到老井所在的位置。这个巷子，是全村的核心，也是人口最集中的地方，也是房子最好的老街。我奶奶住过的二层楼房，是全村最好的房子。

算来算去，只有一个院子有一户人家住着，其余的全都长年无人居住，且将永远无人居住。我住过的大院子，最多时有 4 户人家，接近 20 口人。如今，大门紧闭，铁锁高悬。我在大门口，站了两分钟，无言以对。以后，谁会在这里再站两分钟呢？

叶落归根，是历史上的中国；今日的中国人，将归向何处呢？我不知道，因为曾经的家园、曾经的乡村，已经是一个个空巢和一个个空村了。

2014 年 8 月 12 日

备注：本人之老家，是河北省井陉县南王庄村。

空巢的乡村（下）

其实，不光老房子空了，新房子也大都空了。平时没人住，只有逢年过节时，在城里做工的人才会回来居住。

这就出现了一个问题：资源的使用效率问题。具体地说，就是房子的使用效率问题。从进城务工的角度来说，一个民工，在乡下有一套房子，很大很宽敞，可是没法儿住，也就没有价值；在城里，他也需要一个住处——不管这个住处多么狭小，是蜗居或是蚁居。总之，他需要有两个“家”，两处住所。

可笑之处在于：好房子、大房子，长期闲置；小的、差的房子，却人满为患。

如果，这是一个人的问题，少数人的问题，那是他自己的事，社会和政府无权也无能力解决。如果，这是很多人的问题，多到数以千万计、数以亿计的话，就不再是个人的问题，而是一个社会问题了。

我一边吃葡萄，一边聊着。说起彦文叔叔的病，他说：“好几年了，恢复得还好，不仅可以自理，还能做一些不很重的农活儿。”

我说：“真不错，你真够努力的。脑血栓之后，还能恢复到自己干活儿。”

他说：“咳，这也是没有办法的办法。农村就这条件，你不干活儿，哪有人伺候啊，只好自己对付着。”

我说：“我感觉咱们村脑袋上有毛病的比例太高了，光我知道的、看见

的，就五六个。你一个，还有会昌、真祥等。”

他说：“吉锁也因为这个毛病没了。”

我追问：“是河东头儿的吉锁吗？”

他说：“是。”

我大为吃惊，因为吉锁是我的初中语文老师。去年暑假回来，我还见着他了。我们一起吃了顿饭，一起喝酒，一起胡说八道。他是海量，一个人大约喝掉了一斤白酒。年近八十岁的老人，能有如此酒量，怎不令人惊叹。我说他是乡里最有才华的人，想请他给我下一本出版的书题写书名。他说，可别，还是请更有名气的人来写，一个乡野村夫，焉能登大雅之堂？这次回来还想见他，请他给我说说练习书法的奥秘，不想，已是阴阳相隔了。

他是师范生，可是没有毕业。后来，村里缺老师，他就被请来做代课老师。此前他一直是代课老师，不过幸运的是，临到60岁，修成正果，转正了。这样，他退休之后的生活就有了保障。他爱喝酒，写得一手好字，无论大字小字都是一流。凡红白喜事，写对联，当账房，他都是必不可少的。他也不要报酬，推辞不了了，就带走两瓶好酒。所以，他也不缺酒。在他写字的大书桌下面，摆满了各种酒和空酒瓶。

他对我影响极大，我或许也是他最为看重的学生。他每次上课，都神采奕奕地走上讲台，充满激情。虽过去了35年，那时的情景依旧历历在目，十分清晰。但，一切都过去了，一切都留给了时间。

人生如梦，人生一梦！谁说不是呢！

我没有给他写过什么，谨以此文表达我对他最深的思念和最高的敬意吧。

2014年8月18日

在成都火车站和一个打工者闲聊

我和小崔在成都火车站等车时，遇到一位打工者。

我们去得早，排在第一和第二个。其他人觉得开车还早，均淡定地坐在候车室的长椅上。这时，过来一位扛着大包的妇女。

她问我："是去西昌吗？"

我说："是的。"

她说："可是找到了。"

我说："您跟着我吧，不会错的，我还可以帮您背包。"

她说："那可谢谢了。"她虽是吃苦的人，身体也很结实，可那个超大的行李，还是让她吃力。我这么一说，她松了一口气。

我说："您回家过年，是吗？"

她说："是的。"

我说："您是从哪儿来呢？"

她说："从宁波来。在那边给人家做饭，做两家人的饭，一家是工人的，有四五十口人；另一家是老板一家人的。老板家人的，要做得精细、可口；工人的，是大锅饭，就和喂猪差不多。"老板开了一家塑胶厂，雇用了四十多个人，她也是其中之一。不过，她是负责做饭的。

我说："那可是辛苦啊。四五十号人的饭，工作量不小啊。只有你一个人吗？采购买办，您也做吗？"

她说："我只负责做饭，采购是另一个人的事。"

我问："那么辛苦的工作，吃得消吗？会生病吗？"

她说："不辛苦。和在家种地比，也不辛苦。生命在于运动。我打工八年了，一次都没有病过，连感冒也没有。老板一家都感冒，也传染不了我。我身体好，不生病。"

说着，她脸上掠过自豪的微笑。

我不是领导，但是我关心老百姓疾苦，再问："您和老板之间有合同吗？"

她说："第一个半年，有合同。后来，就没了。都是口头的，老板人很好，待我也很好。他们老担心我不做了。我要说不做了，他们的孩子也不答应，哭着不让我走。才去的时候，一个月1200元；现在，涨到4000元了。我什么花费也没有，吃他们的，穿他们的，用他们的，连洗发水都是老板家的，还给我买衣服，买了好几件，我都不喜欢。我还是喜欢穿我自己买的衣服。我就把衣服带回来了。"

她指着那个硕大的行李，示意衣服都在里面。

她接着说："宁波那边真是有钱啊，都是有钱人。老板的孩子花钱，都是没数的。老人给孩子零花钱，一给都是一百两百的，也不问花哪儿了。今天给了，明天接着给。孩子的零花钱，比我工资都高。"

我没插话，可我对这种教育孩子的方法存疑。老说中国教育不好，其实中国教育不成体统，不只是教育部门和学校的事，中国的家庭教育，一样不堪。其中，溺爱和毫无规矩，是两大表现。

我问："有拖欠工资的事发生吗？"

她说："没有。老板也不敢拖欠，要是拖欠了，打个电话，就会有人来帮忙要钱。"

我问："往哪儿打啊？"

她说："电视上有，就往电视上那个电话打。"

这是我没想到的。因为，拖欠工资是一个很普遍的现象，政府头疼不已。我和小崔说："这大概和宁波那边的劳动力供给有关。劳动力供给不足，劳动者就处于强势地位，再拖欠工资，就没人去了，企业就做不下去了。”

我问她多大了，还要干几年。

她说她 58 岁了，计划再干 5 年，到 63 岁，就不干了。她还强调，只是自己计划，没和别人说，谁也不知道未来会如何。

我说：“你可是你们家的大功臣啊。给家里挣了一大笔钱，还带了不少礼物回来。”我指指她的行李。

她很腼腆地笑了，说：“明天一早就见到他们了。为了接我，家里人今晚就住到西昌市里的宾馆了。”

开始检票了。我帮她拖着行李，进站。即便是拖着，两个人也不轻松。上台阶的时候，除了我帮忙，又有一个小伙子搭了一把手——大概是受了我的感染吧。我们在 4 车厢，她在 11 车厢，距离不近。

小崔把我的背包拿走了。我一直把她送上车，安置下来。行李太大，行李架放不下，只好放在卧铺车厢两个座位之间。

临走，我很小心眼地想，我这也算做好事了吧！

我做了多少好事呢？小崔同学说，我做了一路——从西昌到成都的路上。这只是其一。

2015 年 2 月 16 日

西昌四合乡彝族两家人

四合乡，在西昌郊区。到这里，并没有什么目的，只是一次意外。

邛海边上，一个叫海门渔村的地方，有一个南红市场。在热情的彝族姐妹和兄弟的簇拥下，我买了一大批南红原石，经鉴定，除了一块极小的是南红原石之外，其他都是石头。为此，我付了约500元的学费。

我拿着那些原石，想找一个加工的。

一个摆摊的老兄姓何，他对我说：你看我的手，都是加工石头磨的，这么粗。他把手伸出来，和战斗英雄展示自己的伤疤一样自豪。

我说："您的店在哪儿，在哪儿加工啊？"

他说："我的店在我家。上午我在这里摆摊，下午市场散了，我就回去了。"

我说："那好，等您回去了，我就去找您，您给我加工一下。加工费多少？"

他说："加工论件，一件50元。"我觉得价格合适，就没还价。

我举着自己的南红，问："加工成什么好呢？"

他说："一大一小。"我说，好啊，能加工成两个。旁边的人哈哈地笑，说："他没说一大一小，他说的是越大越好。"我才明白，我把他说的"越大越好"听成"一大一小"了，难怪边上的人会笑呢。

下午3点，我就出发了。先坐22路车到河顺路，再换5路车，终点就是四合乡。

西昌是彝族自治州首府，彝族同胞保持着自己的民族传统，不是背包，而是背一个很大的竹篓。竹篓要是空着，他们就一直背着，可要是装满了货，上了公交车他们就把竹篓放在过道里。我坐的5路车，过道放着3个大竹篓，一下子就几乎占满了所有空间，使得车厢里十分拥挤。

我紧紧贴着车窗，边上有两个孩子，一个女孩，一个男孩。女孩大，男孩小。

女孩一直看着我，我看她，她就很害羞地躲开。我不看她，她就继续盯着我——估计，她能感觉到，我是外来的。

我问她："你多大了？"

她说："11岁。"

我说："你看上去没有11岁啊。"

她很瘦小，比北京的孩子要瘦弱得多。所以，我认为她没有11岁，也就是七八岁的样子。

我问男孩是她弟弟吗，她说是的。她也是四合乡的，同行的还有她母亲。

5路车经过繁华的市中心，没多久，就到了郊区。郊区的路，实在是差，还很窄，走走停停，大车、小车、大货车、三轮车、自行车、行人，混在一起，有点现代版"清明上河"的意思。但，完全没有任何美感，只有嘈杂和混乱。

四合乡，楼房很高，在路边两列排开，路显得很狭窄。乡下，总该有点乡野的味道，楼房高耸的景象，和我的预想不同。

我随着何师傅去他家，他有6个孩子，5个女儿，一个儿子，儿子最小。

他家在一座楼房的一层，面积120多平方米。老何说，房子是自己一个很铁的哥们儿开发的，一平方米的价格是2500元，他只是付了首付，就没钱了。他哥们儿说，什么时候有钱，什么时候给。他也没钱搞装修，还是毛坯，就搬进来了。而且，是昨天才搬的。为了感谢帮他搬家的兄弟，特地烤了一只乳猪，大吃大喝了一番。不过，因为太忙太累了，就没请周围的乡

邻。他说彝族的风俗是好东西大家分享，吃乳猪没叫乡里乡亲，让他很内疚，所以今天出门觉得脸上火辣辣的，像是做了对不起乡亲的事。

何师傅家的客厅很大，电视、沙发一样也不少，墙壁是水泥砂浆的，地面也是，粗糙而原始。家里所有人的所有活动都在客厅里进行。老何的小儿子 3 岁多不到 4 岁的样子，想看电视，他扯着电视的视频线，请他父亲老何帮忙。老何说，他正忙着，没时间，等到晚上再说吧。

我给老何看我带来的“宝石”，他说，只有一块是南红，其他的都是石头。老何的夫人替我惋惜，说白花了那么多钱。在此，跟着老何学手艺的安徽宿州的王先生也有同感。我真不介意，我说，就当支援了西昌的经济建设吧。再说，哪儿有不交学费就学到本事的。

老何说：“来的都是客。咱们先吃，再干。”要招待我吃正宗的彝族烤乳猪。

我说：“早知道吃大餐，我就把我同学小崔也带来了。他可惜了，没口福啊。”

老何说：“这个烤乳猪才是正宗的，比街上卖的味道更好。”

我坐在沙发上，老何给我倒了一杯茶。茶，是好茶，是四川的竹叶青。但是，杯子的内壁有明显的痕迹，是什么也不清楚。想想“不干不净吃了没病”的俗语，我当啥也没看见，直接开喝。

老何的夫人，在客厅正中间，支起了彝族火塘；安徽宿州的王先生，在客厅的一角叮咣叮咣地清理机器——打磨南红产生的沙土、石屑；孩子们在屋里来来往往。清出来的沙土有满满一脸盆，王先生说：“看，这要加工多少南红，才能有这么多啊。老何可是赚了大钱了。”

我和老何闲聊，问他彝族的婚俗和习惯。他说：“彝族有自己的婚俗，不过，近年也受汉族的影响。文化嘛，还是汉族先进，向汉族学习是应当的。有的汉族人不养老人，骂自己的父母老不死的。这种坏习气，有的彝族人也学来了。彝族不分家。儿子大了，父母会为他盖房子，分一块地，送他日常用具，如家具和锅碗瓢盆，让他单独过。大一个，走一个，只有最小的儿子留在老人身边。老人的家产留给最小的儿子，养老也是最小的儿子的职责，其他儿子就不管了。”

我说：“这个婚俗，和藏族一样。”

老何说：“哎，可是，近年来，有些自立门户的大儿子，还回来和老人要家产，要平分财产。”

我说：“这是汉族的习惯。”

他说：“这不对啊。你自立门户的时候，老人已经给了你一份了。以后好过难过，都是你自己的事啊。”

我深以为然。我说，这也是财迷。

火正旺，烟气直接升到屋顶，又四散；摊在铁架上的猪肉，在炭火的炙烤下，吱吱地冒油，油滴洒落在炭火上，腾起一股股的火苗。老何问我喝酒不，我说不喝酒。老何的夫人则一边烤乳猪，一边拿着一瓶啤酒直接喝。她身材高大，皮肤黝黑，性格直爽，天性乐观，我在的时候，她一直说着笑着。

老何夫人端来两碟子辣椒，乳猪也烤好了，端上来一盘子。老何招呼宿州的王先生一起来吃。王先生说他吃过午饭的，不饿。

老何对我说：“我给你示范一下怎么吃。”他手抓起肉，蘸上辣椒，大口大口地吃起来，说：“这就是我们彝族的吃法，是正宗的彝族烤乳猪。”

鲜红的辣椒和黑乎乎的猪肉，颜色倒是经典的“红与黑”——我也学老何，只是我没上手，而是用筷子。我挑了三块，一块瘦的，一块肺叶，一块带猪皮、肥瘦相间的，浅尝辄止。老何热情地劝我再吃，我说够了够了。辣椒多且红艳，但并不辣。

老何的小儿子在他身边磨蹭，想喝饮料，还端起老何的杯子闻一闻，知道是酒，就放下了。他要老何喂他肉吃，老何说，要吃自己吃。

小儿子说：“太烫了。”

我几乎笑出来，觉得小孩子的诡计真是了得。因为，肉上桌至少有半小时了，烤肉绝不会热，更别说烫了。但小孩子就能想出这样的理由，真是奇才。

老何说我吃得太少了，他一个人就把一盆肉全干掉了。剩下一块的时候，老何问他老婆，她们够不够。此时，老何的孩子们聚齐了，围着炭火，也在吃烤乳猪。老何的夫人说，她们够吃了。于是老何干净利索地把最后一块肉狼吞虎咽地消灭掉，用卫生纸擦擦手，准备干活儿了。

我和彝族同胞们聊着，同时拍了若干照片，上传到微信朋友圈。

远在北京的一位女同学说：真好啊。

我回道：图片也会欺骗。

她问：为什么？

我说：你只看见了彝族孩子的笑脸、炭火盆和肥美的烤猪肉，却不知道其环境之恶劣。我的手机屏幕上，落满了烟灰，还有点点滴滴的油烟。我离炭火盆，有三米多远。可想而知，整个客厅之沙发、电视以及其他家具上，莫不蒙尘扬灰。

再有，屋里没有卫生间，安徽宿州的王先生领我去到外面。卫生间之肮脏，“举世无双”；离卫生间不远，不到100米，还有一个拴着铁链子的饿狗，在途中拦路，其气势汹汹、气焰嚣张足以令人胆寒。因此，之后我再去卫生间，就只好在野外解决了——野外，是一大片绿油油的麦田；再往上，是一个半坡地；半坡地上散落着彝族民居，是那种低矮的、旧式房屋，而不是我所住的钢筋水泥的楼房。

老何打磨我带来的原石，王先生在琢磨他的一个球形石头，嘈杂的摩擦声、纷飞的石末瞬间又占据了屋子的一角。火塘里余火还旺，老何的两个女儿在火塘边上放了几个土豆。老何的两个女儿、老婆和我围在一起，烤火闲话。

此时，一个戴着单帽子的女人走进来，身后跟着一个帅气的小男孩。男孩年龄在十岁上下，面有光泽，眼睛乌黑发亮、炯然有神。女人的帽子上有一圈极廉价的玻璃珠子，闪亮，却并不美观。她和她的儿子并没说话，直接坐在火塘边，加入了烤火的队伍。

我问那个男孩，和老何家的女儿是不是同学。

他说："在一个学校，但不是同学。"

我开玩笑说："你看上他们家哪一个女孩了？"男孩笑而不答。

我又对老何的女儿说："男孩可是很帅啊，你们没有喜欢的？"

老何的女儿说："我怎么没有看出他帅来啊！"我只知道是老何的女儿，可到底是老几，我说不准。因为老何的第三、第四、第五个孩子都是女儿，年龄也接近。老何的大女儿、二女儿，一直没见着。

塘火的温度在下降，可谈话的气氛却是十分热烈。加上老何和老王的机器轰鸣声，一幅热气腾腾、欢闹的景象。

知道我从北京来，戴帽子的女人说，她去过北京。

我问："在北京做什么？"

她说："干建筑。"

我说："那可是很辛苦。你也能做吗？"

她说："我不做建筑，我给他们做饭。"

我说："怎么现在不做了？"

她说："冬天了，太冷，就放假回家了。明年开春再去。"

我说："还去北京吗？"

她说："明年去山西，不去北京了。老板去哪儿，我们就跟着老板去哪儿。"

我说："你和你丈夫走了，孩子们怎么办呢？"

她说："孩子们就跟着奶奶。"她有两个孩子，一个男孩，就是眼前这个，还有一个女儿，更小，只是比老何最小的儿子大，有六七岁的样子，已经在读书了。

如此，我们也不难明白中国农村的状况。除去特大都市的郊区，如北京、上海、广州和深圳，所有中国农村，已经毫无例外地被卷入了市场的旋涡中。土地，曾经是农民的根。但是，这个根，再也难以养活其上的农民。

他们都别无选择地离开了家，必须进城；不进城，就必须受穷。可是，

城市也不是他们的家。城市的高楼，是他们盖起来的，但不是为他们盖的。他们的收入，一辈子也买不起城里的房子。

我再问她："你还不回家做饭吗？"

她哈哈地笑了，说："我家就在对门。"原来，她和老何是邻居，难怪她进门也没打招呼。

她问我："怎么一个人出来玩儿呢？没带老婆和孩子吗？"

我顺口说："我没结婚。"

她说："给你找一个彝族女孩吧。"

我说："好啊。"

宿州王先生插话："彝族的婚姻，就是简单的买卖关系。花了钱，女孩就跟你走。老何，就是俩老婆。两个老婆，都是买的。"

老何并不反驳，说："是啊，大老婆花了40万元，二老婆花了60万元。二老婆，就是现在的老婆。"

于是，我明白了，老何的5个女儿和一个儿子，是两个老婆生的。大女儿和二女儿是大老婆生的，现在跟着大老婆。这也是我只看见三个女儿、一个儿子的原因。

我说："价格可是不低啊。我没那么多钱。"

宿州王先生接着说："彝族女孩好啊！彝族女孩极忠诚的，嫁给你，就跟定你了。你去哪儿，她跟到哪儿，不会有二心。要是她不能生，还能退回去，此时，娘家是要全额返还彩礼的；要是女孩跟着别人跑了，娘家要加倍还钱的。"

老何附议，说彝族人是极讲规矩的，不会骗人。女儿跟他人跑了，女方家里为了补偿男方损失，必须要加倍赔钱。

我说："那我希望她跟着别人跑了。"

众人皆大笑。第二天，我去彝族历史博物馆，看彝族史料中确有类似的记载，这足以证明老何他们所言不虚，也可说明彝族习俗之稳固。制度变了——从农奴制进步到共和制；时间变了——农奴制度崩溃了有70年了，可是，婚俗没变。

老何的工作，进展很快。他的身上有一层粉末，尤以胳膊和胸前最重。我和他老婆说：“打磨的时候要戴口罩，否则，大量微尘进入肺里会引起尘肺病。”他老婆说：“他有口罩，可是他不戴。”

打磨之后的南红并不好看，可是，一抛光，就色彩斑斓，和宝石一样熠熠生辉了。

我说：“有这么一块，也值了。”

老何说：“也是。这一块卖的话，也能值300元。卖500元，也不是不可能。”

我说：“卖是不卖了，留着玩儿吧，当个纪念，纪念我见证其生产的全过程。”

原石，经过老何的加工，通体艳红，纹理自然，煞是好看。而且是一个心形的造型，送人的话，寓意也很好。

我说：“太好了，太好了。我给你200元工钱。”

老何说：“50元，加工费50元，用不了那么多。”

我说：“算了算了。100元是加工费，另100元是给你儿子的压岁钱。过年了，给你儿子一个红包。再说，我在您这里吃了烤乳猪呢。饭钱，我也付了。”

老何和他儿子说：“叔叔给你压岁钱呢，谢谢叔叔啊。”

我说：“你赶快拿去吧，拿去买好吃的。你不要，你姐姐就拿走了。”

小儿子过来拿了钱，高兴地出门去了。

天早黑了。我和王先生赶紧起身，去赶返回西昌市里的最后一班公交车。路边，彝族特有的烧烤生意正好。每一处烧烤大排档，都弥漫着浓烈的黑烟，经久不散。西昌的天，因此而混沌不清。

2015年2月19日

春游云居寺

北京房山云居寺，以石刻佛经和释迦牟尼的舍利子而著称，但我用心不在此。我想说的是：山门和稻田。

先说稻田。寺庙该不该搞经营，中国人很纠结。其实，这根本不是问题。之所以成为问题，说明中国人一不注重和尊重历史，二不动脑筋。历史上，寺庙一直是“有产阶级”。宏大的殿宇、禅房自不必说；田产也是阡陌连天、跨州过县的。看过史书、记性不差的人，应该了解这类史料是“罄竹难书”的。

云居寺的御赐稻田碑，仅是沧海一粟。

碑，是清道光三年，也就是1823年立的。记载的不是道光皇帝，而是其父亲嘉庆皇帝在嘉庆十四年春亲临云居寺礼佛，并赐予云居寺300余亩稻田的光辉事迹。石碑材质为青石，高2.08米，共298字。

碑文有两点引人注意：第一，云居寺是有田产的，且为皇帝钦赐。足见，嘉庆皇帝明白，修行和吃饭并不矛盾。吃饭，是物质层面的；修行，是精神领域的。吃饭归吃饭，修行归修行，并行不悖。第二，云居寺周边，是可以种稻子的。云居寺虽不在云层里，但也在半山上。要是云居寺附近能种稻子，那么北京平原的大部分地区也能种。换言之，1823年前后的北京，应该呈现的是河流纵横、稻花飘香的江南景色。

有人说：“寺庙是修行之地，不是讲究四大皆空吗？既然出家在外，一切皆空，还要财产干什么？这不是和佛教的教义相违背了吗？”这是极大的误解。修行，也要吃饭；寺庙里的出家人，也不能飘在半空中，喝西北风。或言之，“四大皆空”是一种精神境界和追求，而不是一种现实存在。这不是说出家人虚伪，而是说对出家人而言，衣食除去保障基本的生活之外，没有任何多余的价值。

成囤的稻米，对俗人，是财富；对出家人，是一碗糙米饭，只是一碗。华衣美服，对我们，是炫耀的资本；对修行之人，也只是用来遮体取暖的。用经济学来表达：对出家人而言，所有物质财富，都只有使用价值，而没有价值。所有物品，只有功能而无贵贱。

“山门不倒，寺必重建”，也是云居寺的一个传奇。云居寺山门历经战乱和炮火，始终巍然屹立。1937 年秋后，1939 年秋后和 1942 年，云居寺曾三次遭受大规模轰炸。战火之后的云居寺，只剩下一个山门和几座孤零零的佛塔，其余都化成了一片灰烬。一幅老照片，清楚地展现了当时的景象，白色的拱形山门屹立在灰烬覆盖的废墟上，有一股苍凉雄壮和不可撼动的宏大气象。

山门不倒，归结为两种力量：一是佛祖的力量，是超越时空的，是任何力量都难以抗衡的。二是石材和拱券技术。山门的 11 块石料，有多处弹痕；但，对于石构拱券来说就像擦破了皮，只关痛痒，无碍大局。要是土木结构，麻烦可就大了。炮火之后的云居寺，只有山门顽强地屹立在半山之上，土木结构的殿堂全部被夷为平地了。

去云居寺，不是预谋，而是顺便。2015 年 4 月 18 日，我毕业的中学搞了一个聚会。我和友申兄一起去了，参会的有 33 人之多。大吃一顿，高唱一夜，回顾历史，展望未来。慷慨激昂、迷迷糊糊之后，散了。4 月 19 日上午返回，经过云居寺，就在友申兄的陪同下参拜了这座千年古刹。友申旧地重游，我是第一次去。因此，在结尾的时候，对友申之指点江山表示谢意，也对他之鞍马劳顿表示谢意。

2015 年 4 月 24 日

为什么徽州古民居都没有烟囱

徽州古迹有三宝：牌坊、祠堂和民居。牌坊，是纪念性的，除了光宗耀祖、谢主隆恩、彪炳功业和诉说贞洁之外，没有一点实际用处；祠堂胜之，也不过在良辰吉日、慎终追远、宗室子弟济济一堂之时，偶尔一用；只有民居，是日用所在，早出晚归，饮食起居，须臾不可离也。

提起徽州民居，粉墙黛瓦马头墙，四水归一，肥水不流外人田，怎一个“美”字了得。加之，黟县两个古村落西递村、宏村同时入选联合国文化遗产名录，更是了不得啦！

但，我却有一个小小的疑问：为什么所有徽州古民居都没有烟囱呢？难道古代徽州居民不食人间烟火？

下面以巴黎为例，与西递做一对照。巴黎屋顶，烟囱林立；圣诞老人就是顺着烟囱，进到各家各户，把圣诞礼物悄悄放在梦乡中的孩子床头的。历史上的欧洲城，还有一种职业，专门扫烟囱。足见，烟囱是欧洲民居的标准配置，任何一所房子都有。没有烟囱，没有壁炉，如何度过潮湿阴冷的漫长冬季呢？

或许，徽州比巴黎更温暖，不需要壁炉，也不需要烟囱？

为此，我查了巴黎和黟县的气象资料。

中法同在北半球，冬季大约从每年的 12 月开始，在 2 月结束。12 月，巴黎的平均气温在 4 ~ 8 度；1 月最冷，2 ~ 7 度；2 月，略有回升，大体上和 12 月持平，也在 3 ~ 8 度。西递所在的黟县气温是：12 月在 -3 ~ 3 度；1 月

在 -6 ~1 度；2 月，在 -4 ~2 度。也就是说，巴黎的日均最低气温，没有低于0 度的，而黟县的最低气温，是低于0 度的。大体而言，巴黎要比黟县至少高5 度。

历史上，黟县会比巴黎暖和吗？也不会。全球要热都热，要冷都冷，变化的趋势是一致的。老天爷是公平的，断不会厚此薄彼，出现黟县气温高于巴黎的颠覆性现象。

显然，徽州不是不冷，实际上比巴黎还冷；徽州人也不是不需要取暖和保暖，可是为什么徽州民居都没有烟囱呢？

这就是徽派民居的致命伤——徽州民居的主体结构是木制的。木质结构，一不耐火，二不耐水；遇火会着，沾水会朽；水火不容，是木头的宿命。对木质结构的徽派民居来说，比取暖更为要紧的是远离水火。因此，在欧洲民居中成为标配的壁炉和烟囱，在徽派民居里是看不见的。

徽州，就是今天的黄山市，我去过三次。第一次，是去黄山看风景，在1997 年11 月，距今快20 年了；第二次是去绩溪，拜访胡适故居，走了徽杭古道，从绩溪一直走到浙江的新昌——历史上，徽商走的就是这条路。第二次去也是冬天；去年第三次去，又是一个冬季，特地去黟县看徽州民居——宏村和西递村，两个村落一并入选联合国世界文化遗产名录。

以前去徽州，都是上山——看黄山；当下，多了一个选项：下乡——寻访隐藏在徽州山水之间的古村落，西递和宏村，是其中首选。

我也不免俗，先去了西递。从西递出来，想去宏村。一个出租司机和我说，他才从宏村过来，正要回去，即便空着也要回，所以便宜，我给10 元就走。

我觉得合适，就上了车。上了车，司机的策略就变了。他对我说，你去了西递，宏村去不去吧，意义不大。宏村和西递差不多，并且，这两个旅游点是同一家公司开发和包装的。不如看看其他地方，比如赛金花故居、南屏、关麓等地方，还有陶渊明的老家。

我本来也没目标，就随他吧。不过，车费可不是10 元了，而是180 元包车一个下午。把这个过程写出来，也是提醒后来者，注意这种类似“劫持”的销售策略。

于是，我的行程发生了重大变化。先看赛金花故居，再去南屏，最后去了关麓。关麓也是一个古村，名声没炒热，也就少人来。有多少人呢？只有我一个游人。不过，景区很规范，即便只有我一个人，还是指派了一位讲解员全程陪同。

关麓村始建于五代、后唐时期，距今已有一千多年，是以汪姓为主而聚居的村落。据《关麓汪氏族谱》记载，关麓始祖系越国公汪华第七子汪爽的后裔汪振美。唐宋元明世代相承，关麓村并没有多大变化，清初，关麓还只是黟县怀远乡（今西武乡）的一个小村落。到了清乾隆时期，这里出了个汪昭教，共生八子，依序为令銮、令铎、令鋠、令钰、令镳、令钟、令录、令鍠，就是现在所称的关麓八家，昭教公为八家始祖。

关麓的特色是“八大家”之宅邸并肩而立，横向布局；每一家自成一体，又互相连通；关起门来，互不相扰；打开门户，声气相通，八家成一家，与中国人大家族的理念颇为一致。我随着讲解员，依次看过。

不记得是在哪一家了，有一间厨房，并不是设计成厨房，而是用作厨房。之所以这么说，是因为中国民居并不是功能化的，而是依礼而设的。君子远庖厨，“礼制”里，从来没有厨房的位置。事实也是如此，这间房子，算是厅堂的偏房，不过面积很大。极为珍贵的是，房子里有不同历史时期的四个灶台。

第一个灶台是清代的，早已废弃不用，只留下了灶坑。之所以被废，是因为灶台垒在天井下，估计是为了采光好。可是一下雨，根本没法用。灶台虽不用了，可并没有拆除。

第二个灶台，吸取了第一个的教训，挪到了房子避雨靠墙的一处，另砌了一个锅台，烟道直接埋在墙体里，所以看不见烟道。

第三个灶台和第二个类似，改进之处是，灶台上贴了白色的瓷砖；可退步的是，单独垒了一段烟道，像大象鼻子一样，由灶台斜靠到内墙上，然后引入墙体，排到室外。

第四个灶台，是现在用的，已经现代化了。灶台靠墙，贴满了瓷砖，灶具是不锈钢的，液化气是清洁能源，油烟不大，烟道也省了。可没有烟道，弊端是显而易见的，烟熏火燎的墙体黑乎乎的一片又一片。

讲解员说："这间房子，是一个全景博物馆。清代至今，徽州民居四百多年的厨房变迁，尽在于此。"

"民以食为天"，若不是茹毛饮血、吃生的喝凉的，则烟火必不可少；烟火必不可少，却不设置烟道和烟囱，任由其四处弥漫、随风而散，乃徽州民居的一大败笔。如果善加利用，烟火的功能就不仅限于蒸、煮、煎、炸食物以果腹，尚可驱寒除湿，"大庇天下寒士俱欢颜"。

但，木构为主的中国民居，避火还唯恐不及，岂敢引火烧身？所以，不光是徽州民居，北方民居的保暖性能也不好。对此，早期来中国的英国人有过评价。在《使馆官员在北京》一书中，英国人写道，北京已经褪去绿色的外衣，看起来比任何地方都要荒凉贫瘠。一切看起来，都是灰蒙蒙的，在英国，哪怕是再破旧的房子，你也能看到熊熊火苗照暖人心。在英国人眼里，中国的房子就是破旧不堪，毫无生气的样子，让人感觉非常凄凉。

在震钧所著《天咫偶闻》中有如下笔记："向例，殿试进士在太和殿丹墀。雍正癸卯年十月二十七日殿试，天寒砚冻，上命移至殿内两旁，并令太监多置火炉，俾殿内和暖，使诸贡士尽心作文写卷。此移入殿内之始。至乾隆某某年，因御正殿，命移入保和殿，至今沿之。"

足见太和殿内，也不暖和，要临时摆放火炉才能保暖，才能让考生们尽心写字。看来，不光十年寒窗冷，考场也很冷。这可不是一般的考场，而是最高等级的殿试啊。

徽州的冬天，比之北京，是有绿色和生气的，但潮湿和阴冷却更加令人难熬。欧洲人是围在燃烧着熊熊火焰的壁炉前度过漫漫冬季的，徽州人靠什么过冬呢？答案是：火桶。

火桶有大有小。大的，和洗澡之椭圆形木桶几同。不同的是，火桶底部之一端，要放一个铁制的火盆；之上，装一个隔离的铁篦子，以防烧坏衣服。火桶另一端，于半高位置做一个隔板。人坐在隔板上，背靠火桶边缘，脚置于火盆上。要是想增强保暖性，坐定之后，身上捂上薄被。胸部以下，是温暖的小气候；之上，依然暴露在阴冷的空气中。像王朔的小说：一半是火焰，一半是海水。

小火桶下置火盆，中间装铁篦子。因为小，大人坐不下，只能给小孩用。也因为小和轻便，便于携带，孩子们可以带到学校，大人们也可以带到室外，或者没有取暖设施的公共场所。可要是东方遇见了西方，火桶撞上了壁炉，在燃烧着熊熊火焰的壁炉面前，靠着奄奄一息的灰烬取暖的火桶，只好说是小巫。

壁炉是公用的，一栋房子，一个就够了；火桶是私用的，顾得了自己，管不了别人。

壁炉，烧的是旺火，能最大限度地供暖和保暖；火桶用的是余灰。死灰复燃，不是不可能，但对火桶而言，意味着衣服烤煳了、烧着了，意味着一场灾难。

壁炉，暖的是房子，是全局性解决方案，只要在室内，哪儿都是温暖的。火桶热的是身子，离开火桶，就是一片冰冷；为保暖，人就要像蜗牛一样，拖着火桶，在房子里挪动。

壁炉，驱走了烟火，留下了暖流；火桶，在享受暖意的时候，也不得不忍受“烟熏”。

徽州民居，虽然没有烟囱，但并不影响其美感。正相反，欧洲的天际线，被参差不齐的烟囱搞得七零八落；徽州古村落的天空，是多么的干净、整齐和有韵味，白墙黛瓦，没有一缕青烟。

最后，让我们一起在西递之美景中，结束本文：

西递坐落于黄山南麓，有“桃花源里人家”之称，是目前保存最完整的徽派建筑群，拥有“世界上最美的村庄”之美誉。西递村中至今尚保存完好的明清民居近二百幢，在徽州的诸多村落中，西递大概是最繁华的。徽派建筑错落有致，砖、木、石雕点缀其间，为国内古民居建筑群所罕见，堪为徽派古民居建筑艺术之典范。西递富丽的宅院、精巧的花园、宏伟的牌坊，无一不在告诉游人们何为桃花源。

2016 年 5 月 3 日

两个藏族人：丹增加布和 74

丹增加布是我们从郎木寺到九寨沟包车的司机，他是藏族人，不喝酒，不抽烟。郎木寺与九寨沟相距约 300 千米，丹增加布要 1200 元，我们还价 1000 元。他不愿意，幸亏我的好朋友尕尔藏喇嘛说和，他才同意。因为，尕尔藏活佛是郎木寺最有学问的活佛，汉藏皆通，在藏族人中威望极高。

丹增加布人到中年，我问他多大了，他说 54 岁了。之前他是开大货车的，往返于兰州和成都之间。成都到兰州，有上千千米，迄今还没有铁路。不过，这种状态持续不了多久了。兰成高铁正在热火朝天地修建，一路上，钢筋水泥浇筑的桥墩随处可见。

前一天，我们去迭部县扎尕那景区时也包了一辆车，也是藏族司机。

丹增加布问："司机叫什么？"

我们说："他没说名字，他让我们叫他 74。至于为什么叫 74，我们不清楚。"

丹增加布笑起来，说："他是我舅舅的孩子，但是不是亲生的。反正在藏区，也不在乎这些，谁的孩子不重要。"

比起 74，丹增加布的学问就大多了。他上过学，能读汉文报纸。74 比丹增加布小，能说汉语，但是不认识汉字。丹增加布说，他认识的汉字不超过 100 个。路上遇见了一块指示牌，上面写着"正在施工"。

他说："我认识其中的三个字，另一个不认识。"

我告诉他，是"施工"的"施"。

74 保持着藏族特有的乐观，嘻嘻哈哈，想到哪儿说到哪儿。对汉藏风俗，颇有评价。他说："藏族人之间，全凭一张嘴，只要说好了，就不会变。比方说，你们今天让我 8 点半来，我就来了，一分钟也不会差。不像你们汉族人，还弄个纸条条，写字。可就算写了字，也可以不认，也不算数。"

他还说："汉族人娶媳妇，要给女方好多钱。不好，那不是人口买卖吗？藏族要是谁家的女儿要彩礼，周围的人都会说，他是靠出卖女儿养活自己的。他自己养不了自己，要卖女儿，那是很没有面子的。藏族人嫁娶，都是不要钱的。最多两家人在一起，吃吃饭，喝喝酒，彼此交换一下结婚纪念品，就可以了。"

74 对目前的生活很满意。一路上，播放着 CD 里的藏族民歌，他一会儿低声哼唱，一会儿纵情高唱。由于宗教信仰的关系，他不喝酒，也不抽烟。

我问他，以后有什么想法，他说："没什么想法，我的想法就是享受生活。旺季，开车载客；冬天没有客人了，就去若尔盖县里泡妞。"

藏传佛教是相信转世的。

我们问他："你下辈子会是什么？"

他说："不知道。"

再问："那你想成为什么？"

他考虑了几秒，还是坚定地说："不知道。"

来世的事情，谁说得清楚呢！还是享受当下吧。有三只藏香猪，在路边散步吃草，悠然自得。我开玩笑说："要是咱们把这三只猪抓住，晚上就可以烤藏香猪了。"

74 认真地说："那可不行。偷窃是不好的，藏族人是不会偷东西的。"

临到扎尕那，有一个藏寨，一队藏族女人端着酒杯，捧着哈达，拦路要钱。看见客车，她们就把哈达拉开，和收费站的起落杆一样。我们的车也被拦下了，74 没多说话，给了 5 元钱，我们就被放行了。74 说她们拿了钱，就会去买酒，然后跳舞唱歌，快活得很。

返回的时候，这一路人还在。远远地见了，74 说这回该你了，准备钱

吧。我说那没问题。可是，奇怪的是，等到我们临近了，哈达又收起来了，直接放行。或许是她们想起来收过一次了，不再重复收费了吧。

比起74，丹增加布的阅历更丰富，思考也更深沉。

这一天，是藏历六月十五，是藏族一个很重要的节日，叫插箭节，由藏区过来的活佛主持这一活动。一大早，各地的藏族同胞就骑马上山，去参加这一重要活动。我视力不好，看不见，丹增加布指着远山上的人影说：你看，满山都是人。

我们用相机拍下来，放大一看，的确是，山顶上已经站满了人。有些人还在路上，半山腰、山脚下，络绎不绝。天色阴沉，还下着小雨，虽是七月，可在海拔三千多米的高原上，野风吹过，也是凉意逼人的。可即便如此，也挡不住信仰虔诚的藏族同胞参加插箭节的脚步。

丹增加布给我讲了一个他经历的神迹。他说，1979 年，也就是藏区佛教刚刚恢复的时候，他冒雨参加了一次插箭节。因为年纪小，脚力好，到得最早，因此他站在离活佛最近的地方。

他说："我看到了神迹。那么大的雨，活佛身上一点都没淋湿。活佛没有打伞，也没有穿雨衣，他就站在雨里。活佛头上，像有一个罩子。雨，在其身边哗哗落下，他身上却是那么干爽。我亲眼所见，令我惊叹不已。"

神及其行为，人是理解不来的。理解不了，解释不了。要是能理解和解释，也就不称为神迹了。其实，人之所为，是最接近神的；有些人的创造，几近于神。

丹增加布问我：刘老师，你知道飞机是怎么飞上天的吗？

我说："这个我可不懂，我和你一样纳闷。每次我坐飞机，就会想发明飞机的人真是太了不起了。在我看来，飞机就是现代神迹；发明飞机的人，就是人间之神。"

对飞行原理，我完全外行，但对飞机的历史，略知一二。

我接着说："飞机是美国莱特兄弟在 1908 年发明的，距今 100 多年了。当年，莱特兄弟的父亲和兄弟两个约定，试飞的时候，兄弟两个只能有一个人在飞机上。研究飞行有一个专门的学科，叫空气动力学。”

丹增加布为了确认，又问了一遍是“什么学”，我说是空气动力学。过了一会儿，他又加强了一下记忆，再问，我确定地回答他“空气动力学”。

我问他，你怎么对飞机这么感兴趣呢？

他说：“我老婆曾经在临夏机场工作。我去看她的时候，就住在机场。临夏虽然是个小机场，不过一天也有好几班飞机起落。以前，只是看见飞机在天上，一个黑点。近处看，飞机那么大，有几十米长，上百吨重，居然在天上飞，真是神奇啊。我就想，飞行的道理到底是什么？我一看见飞机，就想这个问题，但我想不明白。”

我们都笑了，说：“我们也想不明白，想明白的也没几个。这是很专业的问题，你可以上网搜索一下，网上也有这方面的专业知识。”

我接着说：“人类历史上，进步最大、最让人不可思议的两个领域，一个是交通，另一个是通信。因为交通的便利，我才有机会来甘南藏区，才有机会认识你这样的朋友，了解你们的生活和文化。而通信的便利，得益于互联网，几乎所有的信息和知识，在网上都能查到。如果你不会，可以问年轻人。”

丹增加布表示赞同。

旅途，就在我们两个的闲话中和一路高原风景的陪伴下，一直向前、向前。

2016 年 8 月 10 日